유충렬전

천상의 별이 지상에 내려와 나라를 구하니

24

유충렬전

천상의 별이 지상에 내려와 나라를 구하니

전국국어교사모임 기획 · 장경남 글 · 한상언 그림

Humanist

'국어시간에 고전읽기' 시리즈를 펴내며

고전을 읽어야 한다는 가르침은 어릴 때부터 귀가 따가울 만큼 들었다. 그러나 몸소 이를 따르는 사람은 흔치 않다. 종종 고전을 가까이하는 사람들이 있는데 이들은 대체로 삶을 헛되이 보내지 않고 훌륭한 일을 이루어 세상에 뚜렷한 이름을 남겼다. 고전 안에 그만큼 값진 속살이 들어 있기 때문이다.

고전이 이처럼 깊은 가치를 지녔는데 어째서 고전을 읽는 사람은 흔치 않을까? 아마도 고전이 사람을 쉽게 끌어당겨 주지 않기 때문일 것이다. 고전은 우리에게 섣불리 손짓을 하지도, 눈웃음을 치지도 않는다. 고전은 끈기를 가지고 파고들어 오는 사람에게만 마지못한 듯이 웃음을 지으며 속내를 털어놓는다. 고전은 요즘보다 훨씬 무뚝뚝하던 옛날에 이루어진 삶이며 글이기 때문이다.

그래서 우리는 청소년들이 고전을 즐겨 읽을 수 있도록 마음을 다했다. 뻣뻣하고 까칠한 고전을 달래서, 부드럽고 친절하게 청소년을 끌어당기도록 손을 쓰고 공을 들였다. 멋없이 무뚝뚝하던 고전을 정성껏 매만져서 두 팔을 활짝 벌리고 청소년들을 끌어안을 수 있도록 탈바꿈했다.

고전은 이제 온전히 겉모습을 바꾸어 청소년들을 맞이할 것이다. 자칫 속살까지 탈바꿈한 것처럼 보일지 몰라도 책을 읽다 보면 예스러운 고전의 맛과 멋을 한껏 느낄 수 있을 것이다. 우리는 무엇보다도 고전이 고전다운 속내와 뼈대를 온전하게 지니도록 하는 데 힘을 쏟았다.

고전은 시공간을 뛰어넘고, 나라와 겨레를 뛰어넘어 세상 모든 사람에게 큰 울림을 준다. 《시경》, 《탈무드》, 《오디세이아》, 셰익스피어와 괴테의 작품이 세상 모든 이에게 가르침을 주듯이, 우리의 고전도 모든 이에게 값진 가르침을 줄 것이다. 가르침이 서로 다르기는 하지만 높낮이가 있는 것은 아니다. 그러므로 세상 고전을 두루 읽어야 하는 것이나, 우리는 우리네 고전부터 읽는 것이 마땅한 차례다.

이런 뜻으로 전국국어교사모임에서 '국어시간에 고전읽기' 시리즈를 펴낸 지십 년이 되었다. 누구나 두루 즐기며 읽을 수 있도록 쉽게 풀어 쓰고 맛깔나고 재미있는 작품으로 재창조하려고 무던히도 애썼다. 다행히도 많은 독자로부터 분에 넘치는 사랑을 받았고, 우리 고전을 가까이하고 즐기는 청소년들이 많이 늘어 고마울 따름이다.

지난 십 년처럼 묵묵하게 이 시리즈를 이어 갈 생각으로 첫 마음을 되새기며 글과 그림을 더하고 고쳐 좀 더 새로운 얼굴의 우리 고전을 세상에 다시 내놓으려 한다. 이 책을 통해 우리 청소년들이 풍성하고 가치 있는 고전의 바다에 풍덩 빠질 수 있기를 기대해 본다.

2012년 11월
전국국어교사모임

《유충렬전》을 읽기 전에

흔히 고전 소설은 천편일률적이라고 평가합니다. 같은 유형의 소설을 읽다 보면 이야기 전개나 주제가 모두 비슷하다고 느끼기 때문이지요. 우리가 읽을 《유충렬전》은 소설의 하위 유형 가운데 영웅 소설로 분류하고, 영웅 소설은 영웅의 일대기라는 이야기 구조를 근간으로 합니다. 주인공이 고귀한 혈통으로 태어나 적대자의 핍박을 받아 갖은 고생을 하다가, 구원자를 만나 병법이나 도술을 배운 뒤에 전쟁에 나가 승리해서 부귀영화를 얻는다는 이야기 전개가 공통된 요소지요. 그래서 다른 영웅 소설들과 비슷한 느낌을 받습니다.

영웅 소설은 정말 모두 이야기 전개가 같을까요? 실제로 작품을 읽다 보면 같은 유형의 소설이라고 해서 이야기가 같지는 않습니다. 특히 《유충렬전》은 시작부터가 다릅니다. 일반적으로 영웅 소설은 주인공의 탄생과 관련된 이야기가 발단 부분에 등장합니다. 그런데 《유충렬전》은 황제가 즉위한 지 얼마 되지 않았는데 조정의 힘이 약해서, 그리고 법령이 서지 않아서 주변국이 반역할 마음을 먹자 황제가 수도를 옮기려고 고민하는 데서 이야기가 시작되지요. 이 고민은 신기한 영웅이 나타나 해결할 것으로 예고됩니다. 뭔가 다른 모습을 보이고 있음을 알 수 있지요?

《유충렬전》의 주인공 이름은 '충렬(忠烈)'입니다. 주인공의 이름은 작품의 성격을 안내하는 역할을 하기도 하지요. 주인공의 이름에서 충성심이 느껴지지 않나요? 유충렬은 태어날 때부터 충신이었으나 간신의 모함으로 가정 파탄 위기에 직면하고 하늘을 원망하지만, 나라를 구해야 하는 사명 앞에서 때를 기다리며 역량을 키웁니다. 영웅의 능력을 키운 뒤에 위기에 처한 황제를 구하고, 간신에 의해 흩어졌던 가족을 한 명 한 명 만나서 이산되었던 온 가족이 재회하는 기쁨도 누립니다. 유충렬은 나라를 구한 영웅으로서 헤어졌던 가족과도 해후하고 부귀공명을 얻은 인물인 것입니다.

가족과 헤어져 떠돌이 신세로 전락한 주인공의 모습, 신이한 존재들의 도움을 받아 영웅적 능력을 획득하는 과정, 적대 세력과 한바탕 전쟁을 펼치는 군담, 그리고 가족과 재회하는 장면 등을 보면서 이 소설이 당시에 인기를 끌었던 이유를 알 수 있을 것입니다. 특히 영웅이 악의 세력을 물리치는 장면에서는 이 소설을 만들어 냈던 사람들이 정의롭고 평화로운 세상을 꿈꾸고 있었다는 사실을 알 수 있습니다.

정의로운 세상, 평화로운 세상에서 살고 싶은 욕망은 옛날이나 지금이나 다를 바 없습니다. 이 소설을 읽으면서 우리도 우리가 사는 세상이 행복한 세상이 되도록 노력해 보았으면 합니다.

2016년 11월
장경남

차례

 이야기 속 이야기

하늘이 나를 내시고

　　　용왕이 너를 내신 것은

그 뜻이 모두 다

남경을 돕게 함이라

유심 부부가 하늘에 빌어 유충렬을 얻다

명나라의 영종 황제가 즉위한 초기에 조정의 힘이 약하고 법령이 제대로 서지 않자 남쪽과 북쪽의 오랑캐의 힘이 커져 반역할 뜻을 두었다. 이런 까닭에 천자가 남경에 있을 뜻이 없어 다른 데로 도읍을 옮기고자 했다. 이때 마침 창해국에서 임경천이라는 사람이 사신으로 왔다. 천자가 반갑게 맞이해 접대한 뒤에 도읍을 옮기는 것을 의논하니 임경천이 아뢰었다.

"소신이 하늘나라의 옥황상제가 거처하는 누각에서 산천의 기운을 보니 지금 황실이 있는 곳이 마땅하옵고 천하 명산이 오악 가운데 남

• **창해국**(滄海國) 고대 중국 동방에 있었던 나라 이름 또는 신선이 산다는 가상적인 국가.
• **오악**(五岳) 중국의 유명한 다섯 산.

쪽 형산이 가장 신령한 산이요, 한 나라의 중추를 이루는 산맥이 되었고, 창오산 구리봉은 변화하여 외청룡이 되었고 소상강 동정호는 수세가 광활하여 내청룡이 되어 있어 내수구를 막았으니 왕업이 장구할 것입니다. 또한 소신이 수년 전에 본국에서 기운을 본즉 북두칠성 정기가 남경에 하강하고 삼태성 채색이 황성에 비쳤으며 자미원 대장성이 남방에 떨어졌으니 머지않아 신기한 영웅이 날 것이니 폐하께서는 어찌 조그마한 일로 이러한 굳은 성을 버리시며, 선황제가 이룩한 옛나라를 어찌 하루아침에 버리시리까?"

천자가 이 말을 듣고 마음이 산뜻하여 도읍 옮기는 것을 포기하고 국사를 다스리니 시절이 태평하고 인심이 평안했다.

이때 조정에 유심이라는 한 신하가 있었다. 전 선조 황제의 개국 공신 유기의 13대 후손이요, 전 병부 상서 유현의 손자인데, 정언 주부라는 벼슬을 하고 있었다. 사람됨이 정직하고 성품이 강직하며 마음엔 충성심이 가득하여 나라에서 주는 녹봉이 점점 높아 갔다. 일을 법에 따라 공평하게 처리하니 세상의 공명은 한 시대에 제일이었으며, 나라 안의 모든 사람이 그의 부귀를 칭송했다. 다만 슬하에 자식이 하나도 없어 매일 한탄하며 지내는데, 1년에 한 번 오는 조상의 제삿날을 맞으면 혼자 울면서 말했다.

"슬프다! 내 몸이 무슨 죄가 있어 국록을 먹으면서도 자식이 없으니 세상이 좋다 한들 좋은 줄 어찌 알며, 부귀가 영화롭지만 영화로운 줄 어찌 알겠는가? 내가 죽어 청산에 묻힌 백골이 되면 누가 거두며, 조상의 제사는 누가 맡아서 지내리오?"

유심이 하염없는 눈물로 옷깃을 적시며 서러워하니 이부 상서 장윤의 장녀인 부인 장씨는 남편 곁에 앉았다가 마음에 슬픈 생각이 들어 말했다.

"상공이 자식이 없는 것은 소첩이 복이 없는 탓입니다. 첩의 죄를 따져서 벌써 버렸을 것이지만 상공의 덕으로 지금까지 살고 있으니, 부끄러운 말씀을 어찌 다 하오리까? 듣자 하니 천하에서 경치가 가장 뛰어난 산이 남악 형산이라 하옵니다. 고생한다고 생각하지 말고 형산에 가서 산신께 정성껏 기도하여 보십시다."

"내 팔자에 자식이 없는 것인데, 하늘에 빌어서 자식을 낳을 것 같으면 세상에 자식 없는 사람이 있으리오?"

"이치를 생각하면 그 말씀도 당연하지만 만고의 성현인 공자도 이구산에 빌어 낳고, 정나라 정자산도 우성산에 빌어 낳았으니 우리도 빌어 보십시다."

유심이 이 말을 듣고 삼칠일간 몸과 마음을 깨끗이 하고, 소복을 정돈하여 가지런히 하며, 제물을 갖추고 축문을 별도로 지어 가지고 부

- **형산**(衡山) 중국의 오악 가운데 남쪽에 있는 산. 중국 호남성 가운데 있는데, 사찰이 많고 물산이 모이는 교통의 요지.
- **내수구**(內水口) 풍수지리적으로 득(得)이 흘러간 곳.
- **자미원**(紫微垣) 천제(天帝)가 거처하는 곳이라고 하며, 인간계의 천자를 상징하는 별자리다.
- **개국 공신**(開國功臣) 나라를 새로 세울 때 큰 공로가 있는 신하.
- **유기**(劉基) 주원장을 도와 명을 건국한 인물로, 정치가이며 학자.
- **녹봉**(祿俸) 벼슬아치에게 1년 또는 계절 단위로 나누어 주던 금품을 통틀어 이르는 말.
- **이구산**(尼丘山) 공자의 어머니가 치성을 드리고 공자를 낳은 곳.
- **정자산**(鄭子産) 중국 춘추 시대 정나라의 정치가.

인과 함께 남악산을 찾아갔다.

산세가 웅장하여 봉우리마다 높은 곳에 푸른 소나무가 울창하여 옛 모습을 띠고 있고, 강물은 잔잔하여 거문고 타는 소리를 돋우었다. 칠천십이 봉은 구름 밖에 솟아 있고 층암 절벽 위에 온갖 꽃이 다 피었다. 소상강의 아침 안개는 동정호로 돌아가고 창오산의 저문 구름은 호산대로 돌아들었다. 강수성을 바라보며 수양가지 부여잡고 육칠 리를 들어가니 연화봉 중간의 높은 곳이다. 웃대에 올라서서 사방을 살펴보니, 옛날 하우씨가 9년 동안 홍수를 다스리기 위해 층암절벽 파던 터가 어제인 듯 분명하고, 산천이 매우 엄숙한 곳에 하늘에 제사 지내는 사당을 높이 쌓고 백마를 잡아 제사 지내던 곳이 뚜렷하고, 계곡의 깊은 못을 돌아보니 옛날 위 부인이 동자 오륙 인을 거느리고 도를 닦던 일 층 단이 무너져 있었다.

일 층 단을 다시 쌓고 제삿밥을 정결히 담아 놓은 뒤에 장 부인은 단 아래에 꿇어앉고 유심은 단 위에 꿇어앉아 분향한 뒤에 축문을 꺼내어 아름다운 목소리로 읽으니, 그 축문은 이러했다.

유세차 갑자년 갑자월 갑자일에 명나라 동성문 안에 사는 유심은 형산 신령님 앞에 비나이다. 오호라. 대명 태조의 개국 공신의 자손이라 선대의 공덕으로 부귀를 갖추고 몸에 병이나 탈이 없으나 인생의 반이나 살도록 혈육이 하나도 없으니, 나 죽은 뒤에 백골인들 누가 장사 지내며 조상의 제사를 누가 모시리오. 인간에 죄인이요, 지하에 악귀로다. 이러한 일을 생각하니 원한이 마음에 가득한 까닭에 더러운 정성을 신령님 앞에 비옵나니, 하느님은 감동하시어 자식 하나를 점지하옵소서.

지성이면 감천이라 하늘인들 무심할까. 제단 위의 오색구름이 사면에 둘러싸고 산중에 백발의 신령이 일제히 하강하여 정성 들여 지은 제물을 다 맛보았다. 좋은 조짐이 이와 같으니 귀한 자식이 없을쏘냐.

장 부인은 하늘에 빌기를 다한 뒤에 마음 가득 자식을 고대하던 차에 하루는 한 꿈을 얻었다. 천상으로부터 오색구름이 영롱한데 한 신선이 청룡을 타고 내려와 장 부인에게 말하기를,

"나는 청룡을 다스리는 선관입니다. 익성이 도리에 어긋난 행동을 하기에 상제께 아뢰어 익성에게 죄를 물어 다른 방으로 귀양을 보냈더니 익성이 이를 마음에 두고 있다가 백옥루에서 잔치할 때 서로 싸우게 되었습니다. 이로 옥황상제께 죄를 얻어 인간 세계에 내쳐졌으나 갈 곳을 모르다가 남악산 신령들이 부인 댁으로 가라고 지시하기에 왔사오니 부인은 불쌍히 여겨 사랑하옵소서."

하고 타고 온 청룡을 오색구름 속으로 놓아주며 말하기를,

"뒷날 전쟁을 만나면 너를 다시 찾으리라."

하고 부인 품에 달려드니, 부인이 놀라 깨달으니 한바탕 황홀한 꿈이었다.

부인이 정신을 진정한 뒤에 유심을 불러들여 꿈 이야기를 해 주었다. 유심은 즐거운 마음을 둘 데가 없어 부인을 위로하고는 아들 낳기

● **하우씨**(夏禹氏) 중국 하나라의 우임금을 이르는 말.
● **위 부인**(衛夫人) 중국 진나라 위서의 딸로, 신선이 되어 남악 형산을 주재했다고 한다.
● **유세차**(維歲次) '이해의 차례는'이라는 뜻으로, 제문(祭文)의 첫머리에 관용적으로 쓰는 말.
● **익성**(翼星) 이십팔수의 스물일곱째 별자리에 있는 별들.

를 마음 가득 고대했다. 과연 그달부터 태기가 있어 열 달이 찬 뒤에 옥동자를 낳을 때, 방 안에 향기가 가득하고 문밖에 상서로운 기운이 뻗쳤다. 밝은 빛은 땅에 가득하고 상서로운 광채는 하늘에 가득 찼는데, 한 선녀가 오색구름 속에서 내려와 부인 앞에 꿇어앉아 백옥으로 만든 상에 놓인 과일을 부인에게 주면서 말했다.

"소녀는 하늘나라의 선녀이옵니다. 오늘 옥황상제께서 분부하시기를, '자미원 대장성이 남경 땅 유심의 집에 환생하였으니 네가 바삐 내려가 산모를 보살피고 아기를 잘 거두라.' 하셨습니다. 백옥으로 만든 병에 든 향기로운 물을 부어 동자를 씻기시면 온갖 병이 없어지고, 유리로 만든 주머니에 있는 과일을 산모가 잡수시면 죽지 않고 장수를 누릴 것이옵니다."

장 부인이 말을 듣고 유리 주머니에 있는 과일 세 개를 모두 쥐니 선녀가 여쭈어 말했다.

"과일 세 개 중에 한 개는 부인이 잡수시고 또 하나는 공자를 먹일 것이요, 또 한 개는 나중에 유 주부가 잡수실 것입니다. 옥황상제께서 각각의 임자를 정하신 과일을 어찌 다 잡수시려 하옵니까?"

선녀는 장 부인에게 한 개를 먹게 한 뒤에 향기로운 물을 부어 옥동자를 씻겨 비단 이불 속에 뉘어 놓고는 장 부인에게 하직하고 오색구름 속에 싸여 돌아가니, 하늘에 어려 있던 상서로운 기운이 떠나지 아니했다.

장 부인이 선녀를 보낸 뒤에 일어나 앉으니 정신이 상쾌하고 맑은 기운이 전보다 배나 더했다. 유심을 불러들여 아기를 보여 주며 선녀

가 하던 말을 낱낱이 고했다. 유심이 공중을 향해 옥황상제께 사례하고 아기를 살펴보니 웅장하고 기이했다. 이마가 매우 넓고 얼굴이 반듯해 초승달 같은 두 눈썹은 강산 정기를 쏘였고, 밝은 달 같은 앞가슴은 천지조화를 품었으며, 봉황의 눈은 두 귀밑을 돌아보고, 일곱 별에 싸인 우뚝한 코와 부리부리한 눈은 번듯했다. 북두칠성 맑은 별은 두 팔뚝에 박혀 있고, 뚜렷한 대장성은 앞가슴에 박혔으며, 삼태성 정신별이 등 위에 떠 있는데, 주홍 글자로 '대명국 대사마 대원수'라 은은히 박혔으니, 웅장하고 기이함은 아주 오랜 세월 동안 보지 못한 것이었다.

유심이 기운이 상쾌해 부인을 돌아보며 말했다.

"이 아이의 상을 보니 하늘나라 사람이 인간 세계에 귀양 온 것이 틀림없고 만고의 영웅이 분명하다. 전에 폐하께옵서 도읍을 옮기고자 하여 창해국 사신 임경천에게 물으니, 임경천이 북두의 정기는 남경에 하강하고 자미원 대장성이 황성에 떨어졌으니 머지않아 신기한 영웅이 태어나리라고 아뢴 일이 있는데, 이 아이가 분명하니 어찌 아니 즐겁겠는가? 오래지 않아 대장 절월을 허리에 빗겨 차고 상장군 인수를 비단 주머니에 넌짓 넣고, 부귀영화는 가문을 빛내고 용맹한 기운과 영웅다운 풍모는 온 세상에 진동할 것이니 그 누가 칭찬하지 않겠는가? 산신의 깊은 은덕은 죽은 뒤에도 잊기 어려울 것이니 백골이 된들 잊겠는가?"

유심은 아이의 이름을 충렬이라 했다.

세월이 물과 같이 흘러 충렬이 일곱 살이 되니, 골격은 빼어나고 총명은 뛰어났다. 필법은 왕희지요, 문장은 이태백이며, 무예와 지략은 손오보다 뛰어났다. 세상의 이치는 마음속에 품어 두고, 국가의 흥망은 손안에 움켜쥐었으며, 말 달리기와 칼 쓰는 재주는 천신도 당하지 못할 정도였다.

아, 슬프도다! 시운이 불행하고 조물주가 시기한 것인지, 유심이 대대로 부귀가 지극하더니 운이 다해 불행이 미쳤으니 어찌 피할 수 있을쏘냐.

- **절월**(節鉞) 조선 시대에 관찰사·유수(留守)·병사(兵使)·수사(水使)·대장(大將)·통제사 들이 지방에 부임할 때에 임금이 내어 주던 물건. 절은 수기(手旗)같이 만들고 부월은 도끼같이 만든 것으로, 군령을 어긴 자에 대한 생살권(生殺權)을 상징했다.
- **인수**(印綬) 병권(兵權)을 가진 무관이 발병부(發兵符) 주머니를 매어 차던, 길고 넓적한 녹비 끈.
- **왕희지**(王羲之) 중국 진나라의 유명한 서예가.
- **이태백**(李太白) 중국 당나라의 유명한 시인.
- **손오**(孫吳) 중국 춘추 시대의 병법가 손무(孫武)와 전국 시대의 병법가 오기(吳起)를 함께 일컫는 말.

하늘에서 내려온 소설 속 주인공의 별자리는?

유충렬과 정한담은 하늘에서 지상으로 내려온 인물입니다. 이렇게 우리 고전 소설에서는 천상의 별자리이자 관리였던 인물이 지상의 주인공으로 환생하는 대목이 종종 나옵니다. 등장인물의 별자리는 전생에서의 모습을 보여 주는 동시에 이생과 사후의 모습, 즉 현재와 미래의 모습까지도 알려 주는 기능을 합니다. 고전 소설 속 별자리는 등장인물과 긴밀하게 맞물려 있어 등장인물 그 자체를 상징한다고 할 수 있을 만큼, 소설 속에서 중요한 의미를 지닙니다.

남성과 여성 인물의 별자리

고전 소설 속 별자리를 보면 남성 인물은 그 전신으로서의 별자리로 삼태성(三台星), 문창성(文昌星), 태을성(太乙星), 익성(翼星), 각성(角星) 등 특정 별이름이 구체적으로 제시됩니다. 반면 여성 인물은 규성(奎星), 태음성(太陰星) 등 특정 별자리가 제시되기도 하지만, 이보다는 오히려 월궁선녀(月宮仙女), 옥경선녀(玉京仙女) 등으로 구체적이지 않는 경우가 더 많습니다.

옛사람들의 별자리 분류와 주요 별자리

옛사람들은 하늘의 별자리를 3원 28수로 나누었습니다. 3원이란 자미원·태미원·천시원을 가리키는데, 계절과 상관없이 늘 볼 수 있는 별자리를 뜻합니다. 28수란 하늘에서 보이는 달의 위치를 기준으로 별자리를 스물여덟 개로 정하고, 이를 계절별로 일곱 개로 배분한 것을 말합니다. 그중 자미원에는 '문창'이라는 별자리가 있고, 그 첫 번째 별이 바로 대장성입니다. 이 별은 말 그대로 대장군의 별로, 군대를 이끌어 나라를 지키는 일을 상징합니다. 북두칠성은 사물의 중심이며 제왕의 수레라고 불리는 별로, 세계의 안녕과 평화를 상징합니다. 삼태성은 덕을 베풀고 임금의 뜻을 널리 펴는 세 신하인 삼공을 상징합니다.

유충렬과 정한담의 별자리
삼태성(三台星)

유충렬의 등에 박혀 있는 삼태성은 우리 조상에게 상당히 중요한 별자리였습니다. 특히

밤하늘에서 눈에 잘 띄는 별자리였기에 여러 가지 소원을 비는 대상
이기도 했지요. 삼태성은 서양 별자리로 친다면 큰곰자리에 속하며,
북두칠성 아래에 있는 '큰 곰의 발자국'으로 불리는 여섯 별을 가리킵
니다. 즉 각각 두 개의 별로 된 상태성(上台星), 중태성(中台星), 하태성
(下台星)을 말하는데, 삼태육성(三台六星)의 줄임말입니다. 조선 초기의
천문학자 이순지는 《천문류초》에서 삼태성을 상태·중태·하태로
나누고, 이를 각각 목숨·종실·군사를 주관하는 별자리로 지목
했습니다. 또 삼태성의 색은 천하의 중요한 변화를 예고하는
것으로 이해되었습니다. 임금이 전쟁을 좋아하면 상태의 별
이 멀어지고 색깔이 붉어진다거나, 중태의 별이 붉어지면 제
후가 반란을 일으킬 조짐이라는 식이지요.

익성(翼星)

정한담은 익성의 기운을 타고난 인물입니다. 별자리 가운데 28수의 네 방향은 청룡
(동)·백호(서)·주작(남)·현무(북)으로 표현되는데, 28수 중 겨울이자 남쪽 별자리인 주작
의 날개에 해당하는 것이 익성입니다. 익성은 문서·전적·예악을 담당하는 별인데, 이
별에 문제가 생기면 충신이 참소를 당하고 나라에는 전쟁이 일어나며, 대신이 역모를
꾸민다고 합니다.

간신의 참소로 유심이 귀양을 가다

각설, 이때 조정에 도총 대장 정한담과 병부 상서 최일귀라는 두 신하가 있었다. 이들은 원래 하늘나라의 익성이었는데, 자미원 대장성과 백옥루 잔치에서 싸운 죄로 옥황상제에게 벌을 받아 인간 세상에 내려와 명나라 천자의 신하가 되었다. 본래 하늘나라 사람으로 지략이 뛰어나고 술법이 신묘했는데 금산사 옥관 도사를 데려다가 별당에 살게 하고 술법을 배웠으니 누구도 당할 수 없는 용맹이 있고, 백만 군대를 지휘하는 대장의 재주가 있어 벼슬이 으뜸인데 포악하기가 비할 데가 없었다. 온 백성의 생사가 그들의 손안에 있고, 한 나라의 권세는 그들의 손끝에 달렸으니, 중국 초나라 때의 항우와 당나라 때의 안녹산과 같았다. 평생토록 마음속으로 천자의 자리를 차지하고자 도모했으나 정언 주부 유심의 옳은 건의와 퇴임한 재상 강희주의 상소를 꺼려 중지한 지 오래되었다.

영종 황제가 즉위하자 주변 여러 나라의 왕이 각각 사신을 보내어 조공을 바쳤으나 오직 토번과 가달이 자신의 힘만 믿고 천자를 능멸해 조공을 바치지 않았다. 정한담과 최일귀 두 사람이 이때를 타서 천자에게 아뢰었다.

"폐하께서 즉위하신 뒤에 그 은덕을 모든 백성에게 베푸시고 위엄은 온 세상에 떨쳐서 주변의 여러 나라가 다 조공을 바치었으나 오직 토번과 가달만이 자신의 힘만 믿고 천명을 거스르고 있습니다. 신 등이 비록 재주 없사오나 남쪽의 오랑캐에게 항복을 받아 충신이 되어 돌아온다면 폐하의 위엄이 남방에 가득하고 소신의 공명은 후세에 전할 것입니다. 엎드려 바라옵건대 폐하께서는 깊이 생각하옵소서."

천자가 매일 남쪽 오랑캐가 강성함을 근심하더니 이 말을 듣고 크게 기뻐하며 말했다.

"경의 마음대로 군사를 일으켜라."

이때 유 주부가 조회를 마치고 나오다가 이 말을 듣고 천자의 자리로 들어가 엎드려 아뢰었다.

"폐하께서 남쪽 오랑캐를 치려고 군사를 일으키신다는 말씀을 들었

● **항우**(項羽) 숙부와 함께 군사를 일으켜 유방(劉邦)과 협력해 진나라를 멸망시키고 스스로 서초(西楚)의 패왕(覇王)이 됐다.

● **안녹산**(安祿山) 당 현종 때의 무장으로, 양 귀비의 양아(養兒)로 허가되어 현종의 총애를 받아 하동절도사가 되자 반란을 일으켜 낙양을 공략하고 웅무황제(雄武皇帝)라고 칭했으나 살해됐다.

● **토번**(吐蕃) 중국 당나라·송나라 때 '티베트족'을 이르던 말.

● **가달**(呵達) 중국 변방 오랑캐족의 명칭.

습니다. 그 말씀이 맞사옵나이까?"

"그런 일이 있노라."

"폐하, 어찌 망령되이 허락하셨습니까? 왕실은 미약하고 외적은 강성하니, 이는 자고 있는 호랑이를 찌름과 같고 덫에 들어오는 토끼를 놓침과 같습니다. 한낱 새알 하나가 천 근이나 되는 무게를 견딜 수 있겠습니까? 가련한 백성의 목숨이 전쟁터에서 외로운 혼이 되면 그것이 어찌 악을 쌓는 일이 아니겠사옵니까? 엎드려 바라옵건대 군사를 일으키지 마옵소서."

천자가 그 말을 듣고 여러 가지로 의심하던 차에 정한담과 최일귀가 함께 아뢰었다.

"유 주부의 말을 들으니 죽여도 아깝지 않습니다. 오국의 간신과 같은 무리이옵니다. 대국을 저버리고 도적놈만 칭찬하여 개미의 무리를 대국에 비하고 한낱 새알을 폐하게 비하니 간신 중에 간신이요, 만고에 역적이옵니다. 유 주부가 가달을 못 치게 하니 가달과 내통하고 있는 듯하옵니다. 유 주부의 목을 먼저 베고 가달을 쳐야 하옵니다."

천자는 정한담과 최일귀의 청을 허락했다.

한림 학사 왕공열이 유 주부를 죽인다는 말을 듣고 땅에 엎드려 아뢰었다.

"주부 유심은 개국 공신 유기의 손자로 사람됨이 정직하고 마음이 충직하옵나이다. 남쪽 오랑캐를 치지 말자는 말이 사리에 맞는 말인데, 그 말이 잘못되었다 하여 충신을 죽이시면 태조 황제 사당 안에 유 상공의 신주도 함께 모셨으니 봄가을로 제사 지낼 적에 무슨 면목으로 뵙겠사옵니까? 또한 유 주부를 죽이면 직간할 신하가 없사올 것이니 폐하께서는 깊이 생각하여 유 주부의 죄를 용서하옵소서."

천자는 이 말을 듣고 정한담을 돌아보니 한담이 아뢰었다.

"유 주부의 죄는 만 번 죽어 아깝지 않으나 공신의 후예로 죄를 다 묻지 못하오니 귀양을 보내시옵소서."

"옳다. 황성 밖으로 멀리 보내라."

정한담이 천자의 명령을 듣고 유 주부를 잡아들여 승상부에 높이 앉아 죄를 물었다.

"너의 죄는 먼저 목을 벤 뒤에 나중에 알리는 것이 당연하나 천자의 은혜가 커서 네 목숨을 살려 주니 이후로는 그런 말을 말라."

연경이라는 지방으로 귀양지가 정해지자 다시 말했다.

"어서 바삐 행하라. 만일 잔말하다가는 사지를 찢어 죽이는 벌을 내릴 것이니라."

유 주부가 이 말을 듣고 분한 마음이 가득해 얼마간 있다가 말했다.

"내 무슨 죄가 있어 연경으로 간단 말인가. 왕망이 천자 대신 나라를 다스리자 한나라의 황실이 미약하고, 동탁이 장난하니 충신이 다 죽었다. 나 죽은 뒤에 내 눈을 빼어 동문에 높이 달아라. 가달국 적장 손에 네 머리가 떨어지는 줄 분명히 보리라. 지하에 돌아가되 오자서

• **오국**(吳國) 중국 춘추 시대에 주나라 문왕의 큰아버지 태백이 세운 나라.
• **왕망**(王莽) 중국 전한의 정치가. 자신이 옹립한 평제(平帝)를 독살하고 제위를 빼앗아 국호를 신(新)으로 명명했다.
• **동탁**(董卓) 중국 후한의 장군. 영제(靈帝)가 죽은 뒤 소제(小帝)를 폐하고 헌제(獻帝)를 세웠다.

의 충혼이 부끄럽게 하지 말라."

정한담이 이 말을 듣고 분한 마음이 가득하여 말했다.

"어명이 이러한데 무슨 변명을 하느냐?"

정한담이 궐문에 들어가며 금부도사를 재촉하여 유심을 연경으로 데려가라 하는 소리가 성화같았다.

유심은 어쩔 수 없이 유배지로 가게 되어 먼저 집으로 돌아왔다. 온 가족이 유심을 맞아 매우 슬퍼하는 가운데 곡소리가 진동했다.

유심이 충렬의 손을 잡고 부인에게 말했다.

"우리 나이 인생의 반이 넘도록 자식 하나도 없었는데, 하늘이 감동하여 이 아들을 얻었소. 뒷날 봉황의 짝을 얻어 영화를 보려고 했지만 집안의 기운이 막히고 조물주가 시기하여 간신의 참소를 당해 만리 밖으로 귀양을 가게 되었소. 이제 생사를 알지 못할 지경이 되었으니 어느 날 다시 볼까? 내 인생은 조금도 생각하지 말고 이 자식 길러내어 후사를 받들게 하면 황천에 돌아가도 눈을 감고 갈 것이오. 부인의 깊은 은덕은 후세에 갚으리다."

또 충렬을 붙들고 슬피 울며 말했다.

"네 아비가 무슨 죄를 얻어 머나먼 연경으로 간다는 말인가? 너를 두고 가는 서러움은 단산에 나는 봉황이 알을 두고 가는 듯, 북해 흑룡이 여의주를 버리고 가는 듯, 원통하고 서럽고 원망스러운 마음 한 입으로 말하기 어렵구나. 생각하니 기가 막혀 할 말이 전혀 없고 잠시나 잊고자 하나 가슴에 맺힌 한을 죽은들 잊을쏘냐. 너는 아비 생각 말고 너의 모친을 모셔 무사히 지내며, 봄풀이 푸르거든 부자가 서로 만날 줄 알고 있으라."

유심이 목 놓아 통곡하며 노리개로 차던 대나무칼을 끌러 충렬에게 채우면서 말했다.

"구천에서 서로 만나게 되면 부자라는 신표가 있어야 하니, 이 칼을 잃지 말고 부디 잘 간수하여 두라."

유심이 부인과 자식을 이별하고 행장을 차려 문밖에 나오니 정신이 아득해 한 번 걷고 두 번 걸어 열 걸음 백 걸음에 굽이굽이 서린 창자 다 녹으며, 일편단심 다 녹겠다. 성중에 보는 사람이 모두 눈물을 흘리며 강산 초목도 다 슬퍼한다.

인솔하는 관리를 따라 동성문을 나서서 연경을 향해 가는데, 3일을 간 뒤에 청소령을 지나 옥해관에 당도하니 이때는 팔월 보름께였다. 찬바람이 으스스하고 쓸쓸하며 잎 떨어진 나무도 쓸쓸한데 뜰 앞의 국화꽃은 가을날의 쓸쓸한 마음을 돋우니. 객지의 깊은 밤에 촛불로 벗을 삼아 손님 베개를 베고 누웠으니 타향의 가을 소리가 근심스러운 마음을 다 녹인다. 빈산에 우는 두견새는 귀촉도 불여귀를 일삼고, 푸른 하늘에 뜬 기러기는 쓸쓸한 창밖에 슬피 울어서 여행의 피로와 괴로움으로 고단하나 잠을 잘 수가 없어서 밤을 지샜다. 이튿날

- **오자서**(伍子胥) 중국 춘추 시대의 초나라 사람. 아버지와 형이 초나라 평왕(平王)에게 피살되자, 오나라를 도와 초나라를 쳐서 원수를 갚았다.
- **구천**(九泉) '땅속 깊은 밑바닥'이란 뜻으로, 죽은 뒤에 넋이 돌아가는 곳을 이르는 말.
- **귀촉도**(歸蜀道) **불여귀**(不如歸) 두견(杜鵑)은 촉왕 두우(杜宇)가 죽은 혼이 변해 된 새라 하여, '귀촉도 불여귀'는 두견새의 울음소리이며, 동시에 '촉으로 돌아가나 돌아감만 같지 못하다.'라는 뜻이 있다.

길을 떠나 소상강을 건너 멱라수에 다다랐다. 이 땅은 초나라 회황제의 만고충신 굴원이 죽은 곳이었다. 굴원이 간신에게 패해 못가에서 죽으니 뒷날 사람들이 슬퍼해 회사정을 높이 짓고 조문을 지었다.

해와 달같이 빛난 충혼 만고에 빛나 있고 돌과 쇠같이 굳은 절개 오랜 세월 밝았으니 이 땅에 지나는 사람 누가 감동하지 않으리.

이렇듯 슬픈 사연을 현판에 붙였으니 유심이 글을 보고 충성심이 생겨나 행장에서 붓을 꺼내 들고 회사정 동쪽 벽 위에 큰 글자로 썼다.

명나라 유심은 간신 정한담과 최일귀의 모함을 받아 연경으로 귀양을 가더니 해와 달같이 밝은 마음을 변명할 길이 전혀 없고, 얼음과 눈같이 맑은 절개를 보일 곳이 전혀 없어 멱라수를 지나다가 굴원의 충혼을 만나 물에 빠져 죽으리라.

유심은 쓰기를 마친 뒤에 물가에 내려가서 하늘에 기도하고 통곡한 뒤에 옷자락으로 눈을 가리고 만경창파 깊은 물에 훌쩍 뛰어들었다. 이때에 함께 가던 사신이 이를 보고 엎어지고 자빠지며 허겁지겁 달려들어 손을 잡고 말리며 말했다.

"그대의 충성은 천신도 알 것이라. 그대의 죄목은 천자께 매였으니, 명을 받아 귀양지로 가다가 이곳에서 죽으면 나 또한 죽을 것이오. 그대의 죄가 없음은 천하가 아는 바라. 천만다행으로 천자께서 깊이 생각하여 자세히 조사한 뒤에 풀어 줄지도 모르는데 죽어서 충혼이 되는 것이 사는 것과 같겠는가?"

사신이 한사코 만류해 백사장으로 끌어내니 유심이 할 수 없이 회사정을 지나 황주에 다다라 서호에 이르렀다. 송나라가 망할 때에 고위직 신하들이 국사를 돌보지 아니하고 풍악만 일삼아 날마다 술에 취해 있는 까닭에 서호의 아름다운 경치를 서시의 미모에 비유했으니 어찌 슬프지 않겠는가. 그 땅을 지나 이삼십 일 만에 연경에 도달했다. 유심이 자사에게 예를 갖추어 인사하니 자사가 유심을 본 뒤에 인도하여 객실로 전송했다. 유심이 물러 나와 귀양지로 들어가니, 이때는 겨울이었다. 연경은 본래 아주 추운 땅이어서 눈이 세 길이나 쌓여 있고, 낡아 떨어진 객실 방에는 찬바람이 불고 흰 눈이 날려 사람의 흔적이 끊어졌으니 유심의 불쌍하고 고생스러운 사정은 헤아릴 수 없을 지경이었다.

● **멱라수**(汨羅水) 중국 호남성 북쪽에 있는 강 이름. 초나라의 굴원이 투신한 곳으로 알려져 있다.
● **행장**(行裝) 여행할 때 쓰는 물건과 차림.
● **만경창파**(萬頃蒼波) '만 이랑의 푸른 물결'이라는 뜻으로, 한없이 넓고 넓은 바다를 이르는 말.
● **서시**(西施) 중국 춘추 시대 월나라의 미인.

장부인이 유충렬을 데리고 화를 피하다

각설, 이때에 정한담, 최일귀가 유심을 참소해 귀양지로 보낸 뒤에 마음이 교만해져 별당으로 들어가 옥관 도사를 보고 천자를 도모할 묘책을 물었다. 도사는 문밖에 나와 하늘의 기운을 자세히 보고 들어와 한담에게 말했다.

"요사이 밤마다 살피는데 두려운 일이 황성에 있나이다."

"두려운 일이라 하오니 무슨 일이 있나이까?"

"천상에 삼태성이 황성에 비쳤는데 그중에도 유심의 집에 비쳤으니, 유심은 비록 연경에 갔으나 신기한 영웅이 황성 내에 살았으니 그대 도모할 일이 어려울 듯하노라."

정한담이 외당에 나와 도사가 한 말을 최일귀에게 전하니 일귀가 대답했다.

"도사의 신기함은 천신보다 뛰어난데, 신기한 영웅이 황성 내에 있다 하니 진실로 마음이 황공하오이다."

"내가 생각하니 유심이 나이가 많으나 자식이 없는 까닭에 수년 전에 형산에 가서 제사를 지낸 뒤에 자식을 얻었다고 하더니, 도사의 말씀이 영웅이 황성에 있다 하니 아무래도 유심의 아들인 것 같노라."

"분명히 그러하면 유심의 집을 멸망시켜 뒷날 근심이 없게 함이 옳을까 하노라."

"옳도다."

둘은 그날 삼경에 몰래 승상부에 나와 나졸 십여 명을 뽑아 유심의 집으로 보내어 화약과 염초를 그 집 사방에 묻어 놓고 불꽃 심지에 불 붙여 동시에 불을 놓기로 약속을 정했다.

이때에 장 부인이 유심과 이별하고 충렬을 데리고 한숨으로 세월을 보내고 있었다. 이날 밤이 깊어 피곤하여 잠자리에서 졸고 있는데, 어떤 한 노인이 붉은 부채 한 자루를 가지고 와서 장 부인에게 주며 말하기를,

"오늘 밤 삼경에 큰 변이 있을 것이니 이 부채를 가지고 있다가 불이 나거든 부채를 흔들면서 후원 담장 밑에 숨어 있다가 인적이 그친 뒤에 충렬만 데리고 남쪽 하늘을 바라보고 도망하라. 만일 그렇지 아니하면 옥황상제께서 주신 아들을 불 속에 잃으리라."

하고 문득 간 데 없거늘, 놀라 깨어 보니 한바탕 꿈이었다. 충렬은 잠

• 삼경(三更) 하룻밤을 오경으로 나눈 셋째 부분으로, 밤 11시에서 새벽 1시 사이를 말한다.

이 깊이 들어 있는데 과연 붉은 부채 한 자루가 비단 이불 위에 놓였거늘, 부채를 손에 들고 충렬을 깨워 앉히고 잠을 자지 못하는 중에, 삼경이 되어 한바탕 사나운 바람이 일어나며 난데없는 불이 사방에서 일어나니 웅장한 저택이 눈송이가 화로에 닿아 녹아 없어지듯 사라져 버리고 집 앞뒤에 쌓인 세간 살림은 가을바람의 낙엽같이 되었도다.

부인이 어찌할 사이 없이 매우 급작스러운 중에 충렬의 손을 잡고 부채를 흔들면서 담장 밑으로 가 숨으니 불빛이 하늘에 가득하고 재가 떨어져 땅에 가득하니 산더미같이 쌓인 가재도구가 불에 타 없어졌으니 어찌 슬프지 않으랴.

사경이 되자 인적이 고요한데 다만 중문 밖에 군사 둘이 지키고 있었다. 장 부인이 문으로 가지 못하고 담장 밑에서 배회하다가 푸르스름하게 빛나는 달빛을 의지해 두루 살펴보니 겹겹이 쌓인 담장 안에 나갈 길이 없었다. 다만 물이 흘러가는 수챗구멍이 보이자 충렬의 옷을 잡고 그 구멍에다가 머리를 넣고 엎드려 기어서 나왔다.

겹겹이 쌓인 담장 밑의 수채를 다 지나 중문 밖에 나서니 충렬과 장 부인의 백옥 같은 몸은 모진 돌에 긁혀서 피가 흐르고, 달빛같이 고운 얼굴은 진흙 빛이 되었으니 불쌍하고 가련함은 천지도 슬퍼하고 강산도 슬퍼했다.

장 부인은 충렬을 앞에 안고 샛길로 나오며 남쪽 하늘을 바라보고 한없이 도망했다. 한 곳에 다다르니 옆에 큰 산이 있는데, 높이가 만장이나 되고 봉우리에는 오색구름이 사면에 어렸다. 자세히 보니 그 산은 예전에 하늘에 제사 지내던 남악 형산이었다. 전에 보던 얼굴이 부인을 보고 반기는 듯, 하늘에 제사 지내는 사당이 뚜렷하고도 분명하게 보이니, 장 부인이 슬픈 마음을 이기지 못하고 충렬을 붙들고 큰 소리로 통곡하며 말했다.

"너는 이 산을 아느냐? 칠 년 전에 이 산에 와서 제사를 지내고 너를 낳았는데, 지금 이 지경이 되었으니 너의 부친은 어디로 가서 이런 변을 모르는고? 이 산을 보니 네 부친을 본 듯하다. 통곡하고 싶은 마음을 어찌 다 헤아리겠느냐?"

충렬이 그 말을 듣고 장 부인의 손을 잡고 울며 말했다.

"이 산에 제사를 지내고 저를 낳았단 말인가요? 분명 그러하면 산신은 이러한 연유를 알고 계실 텐데, 산신도 무정하시네요."

장 부인이 이 말을 듣고 목이 메어 말을 못하자 충렬이 위로했다.

장 부인이 진정하고 충렬을 앞세워 변양수를 건너 회수 가에 다다랐다. 날이 이미 서산에 걸려 있고 멀리 마을에서는 저녁밥을 짓느라 연기가 나고, 푸른 강에서 놀던 물새는 버드나무 속으로 날아들고, 푸른 하늘에 뜬 까마귀는 저녁 안개 사이에서 울며 날 때, 강 위를 바라보니 멀리 떨어져 있는 가는 돛대는 저문 안개에 끼여 있고, 강촌의 고기잡이 배의 고동 소리는 가는 비 속에 흩날렸다.

장 부인은 슬픈 마음을 진정한 뒤에 충렬의 손을 잡고 물가를 배회하나 건너갈 방법이 전혀 없어 하늘을 우러러 탄식만 했다.

한편, 정한담과 최일귀는 유심의 집에 불을 놓고 불꽃 사이로 엿보고 있었다. 한 줄기 거센 바람에 불길이 일어나며 웅장한 기와집이 불에 타 한 조각 재물마저 보이지 않았다. 그 안에 있는 사람은 씨도 없이 다 죽었겠다고 생각하고 별당으로 들어가 도사에게 다시 물었다.

"예전에 우리들이 큰일을 이루고자 했는데 선생이 영웅이 있다고 하시기에 근심을 했는데, 아직도 그러한지 다시 하늘의 기운을 살펴보십시오."

도사가 밖으로 나와 하늘의 기운을 살펴본 뒤에 방으로 들어와 말했다.

"지금은 삼태성이 황성을 떠나 변양 회수에 비쳤으니 그 일이 수상하다. 내가 생각하니 유심의 가족들이 유심의 귀양지를 찾으려고 회수 가에 간 듯싶노라."

한담이 이 말을 듣고 속으로 생각했다.

'불길이 그렇게 크게 일어났으니 불에 타 죽었다고 여겼다. 혹시 영웅이라면 불길을 벗어나는 것이 이상하지 아니하다.'

한담은 외당으로 나와 날랜 군사 다섯 명을 급히 뽑아서 분부했다.

"너희가 빨리 이 밤으로 변양 회수 가로 가서 사공에게 내 말을 전하라. 오늘과 내일 사이 어떤 여인이 어린아이를 데리고 물을 건너려고 하면 즉시 묶어서 물속에 처넣으라. 만일 그렇지 않으면 회수의 사공과 너희를 모두 죽일 것이다."

나졸들이 크게 놀라서 나는 듯이 회수로 달려갔다. 과연 물가에 인적이 있고 여인의 울음소리가 들렸다. 사공을 불러내어 정한담이 한 말을 낱낱이 전하니 사공이 깜짝 놀라며 말했다.

"감히 대감의 명령을 듣지 않을 수 있사오리까."

사공은 작은 배 한 척을 대 놓고 장 부인을 기다렸다.

도적을 만나 장 부인과 헤어지다

장 부인은 충렬을 데리고 강을 건널 배가 없어 물가에서 머뭇거리고 있었다. 문득 난데없이 작은 배 한 척이 떠 오며 부인에게 오르라고 청했다. 장 부인은 그들의 간사한 꾀를 알아채지 못하고 충렬을 이끌고 배에 올랐다.

배가 강의 중간 즈음에 이르자 갑자기 한 줄기 거센 바람이 일어나면서 돛대가 갑판으로 자빠졌다. 난데없는 해적선이 달려들어 배를 잡아매고, 무수한 도적이 사방에서 달려들어 장 부인을 묶어서 해적선에 높이 매달고 충렬을 물 가운데로 내던졌다. 불쌍하다, 유심의 천금같이 귀한 자식이 백사장 가랑비 속에서 외로운 혼이 되겠구나. 만경창파 깊은 물에 풍랑이 일어나니 단 하나의 핏줄인 충렬의 백골인들 찾을 수가 있겠느냐, 육신인들 건질 수가 있겠느냐. 달빛은 아득하고

수심이 찬 듯한 구름은 적막한데, 어두운 구름 속에 강물의 신이 우는 소리에 강산도 슬퍼하고 천신도 슬퍼하는데 하물며 사람이야 말해서 무엇하랴.

이때에 장 부인은 도적에게 잡혀 줄에 묶인 채 배 안에 거꾸러져 충렬을 찾아보았으나 물속에 빠진 아들이 대답할 수 있겠는가. 한 번 불러도 대답 않고 두 번 불러도 소리 없으니 천만 번을 넘게 부른들 소리만 점점 없어졌다. 사방에 있는 흉악한 도적놈들은 바쁘게 노를 저으며 부인에게 소리를 내지 말라고 재촉할 뿐이었다.

장 부인은 망극하여 물에 빠져 죽으려고 했으나 크고 거친 배의 닻줄로 연약하고 가는 몸을 사방으로 얽어 매였으니 빠져나갈 길이 전혀 없었다. 또한 목을 매어 죽고자 했으나 가냘프고 여린 손발을 빈틈없이 묶었으니 목을 맬 방법이 전혀 없이 도적의 배에 실려 어쩔 수 없이 잡혀 갔다.

동방이 밝아오자 도적들은 한 곳에 배를 매고 부인을 잡아내서 말위에 앉히고는 말을 채찍질하여 달려갔다. 세상에 불쌍한 사정이 이보다 더할 수가 있겠는가.

이때에 회수의 마용이라는 사공에게는 세 아들이 있었는데, 모두 다 용맹이 뛰어나고 검술이 신통하고 묘했다. 큰아들 마철은 일찍이 부인을 잃고 아직 혼자 살고 있었다. 마침 장 부인의 얼굴을 보니 장 부인이 달처럼 아름다운 자태는 옷에 가렸으나 꽃같이 고운 얼굴은 늙지 않았고, 근심스러운 빛이 얼굴에 가득했으나 골격이 수려해 아직은 예쁜 미모가 그대로 있었다. 장 부인이 충렬을 낳을 때에 옥황상제가 선녀를 시켜 하늘의 복숭아 한 개를 먹게 했으니, 나이는 인생의 절반을 넘었으나 미모는 변하지 않은 것이었다. 이런 까닭에 회수의 사공이 충렬은 물속에 던지고 부인은 데려다가 아내를 삼고자 하여 이런 변을 일으킨 것이다.

장 부인은 어쩔 수 없이 도적의 말에 실려 한 곳에 다다랐는데, 큰 산과 험한 고개의 바위를 의지하여 몇 채의 집으로 이루어진 작은 마을이었다. 날이 밝아 돌길 아래에 있는 초가 안으로 들어가니 큰 굴방이 있는데, 사방이 금속으로 싸여 있고 출입하는 문은 철편으로 만들어져 있었다. 그 방에 부인을 가두니, 가련하다, 장 부인이여! 팔자도 기구하고 신세도 망칙하다. 여러 대 명문가의 딸로 유심에게 출가해 인생의 반이 넘도록 자식을 두지 못하다가 천만다행으로 자식 하나를 두었는데, 만 리 밖 연경에 가장을 잃고 천 리 밖 강가에 자식을 잃었으니 모진 목숨이 죽지도 못하고 도적놈에게 잡혀 와 이 지경이 되었도다. 아름답게 꾸민 방을 어디에 두고 도적놈의 토굴방에 앉아 있으며, 천금 같은 자식을 잃고 만금 같은 가장을 이별하고 혼자 살아났으니, 죽은 뒤에 저승 세계로 돌아간들 유심을 어떻게 보며, 인간 세상에 산다 한들 도적놈을 어찌 볼 것인가. 장 부인은 무수히 통곡하다가 기운이 다 빠져 토굴 속에 누워 있는데, 한 계집종이 저녁밥을 차려 왔다. 장 부인이 기운이 다 빠져 먹지 못하고 도로 보내니, 또 미음을 가지고 와서 먹기를 권했다. 장 부인이 마음속으로 생각했다.

'내 아들 충렬은 천신이 감동하고 신령이 도운 인물이기에 뒤에 마땅히 귀하게 될 것이다. 내가 이제 연경으로 가서 남편을 모시고 와

충렬을 다시 보게 될 것인데, 이제 여기서 죽으면 후회가 있으리라.'

장 부인은 억지로 일어나 앉아 미음을 마셨다. 계집종이 반가워서 적장에게 알리니 도적이 매우 기뻐해 그날 밤에 토굴방으로 들어가 절하고 앉으며 말했다.

"부인은 이렇게 누추한 곳에 와서 나 같은 사람을 섬기고자 하니 진실로 감격하겠소이다."

장 부인이 그 말을 듣고 분한 마음이 북받쳐 올랐으나 자신의 신세를 생각하니 연하고 허약한 몸이 함정에 빠진 범과 같은 처지라, 할 수 없이 거짓으로 대답했다.

"팔자가 사납고 복이 없어 물속에 죽게 되었더니 그대가 나 같은 목숨을 구하여 평생 함께 살고자 하니 감격스러운 말씀을 어찌 다 헤아릴 수 있겠습니까? 다만 미안한 일이 있으니, 이달 초삼일은 내 부친의 제삿날입니다. 아무리 여자일지라도 부친의 제삿날을 맞아 어찌 경사스러운 혼례를 치를 수 있겠으며, 또한 백 년을 해로할 것인데 어찌 제삿날을 가리지 아니하겠습니까?"

도적이 그 말을 듣고 즐거운 마음을 헤아리지 못해 정답게 말했다.

"진실로 그러하다면 장인의 제삿날에 사위인들 어찌 정성을 다하지 않으리오? 제물을 극진히 장만할 것이니 부디 염려하지 말고 안심하옵소서."

장 부인이 사례를 하고 조금도 의심하지 않고 반겨 하니, 도적이 감격해 전혀 다른 생각을 하지 못한 채 안으로 들어가 계집종을 보내어 부인을 모시게 했다. 계집종이 들어와 곁에 누워 잠이 깊이 들고 사방이 고요하자 부인이 도망해 나왔다. 방에서 자던 종년이 문득 잠에서 깨어 만져 보니 부인은 간데없고 중문이 열려 있었다. 계집종이 부인을 부르며 쫓아오자 부인은 깜짝 놀라 거짓으로 앉아서 뒤를 보는 체하고 계집종을 꾸짖었다.

"내가 며칠 계속 고생하여 목이 말라 냉수를 많이 먹었더니 배가 아파서 밖에 나와 뒤를 보는데, 너는 이렇게 소란을 피워 집안을 놀라게 하느냐!"

계집종이 무안하여 방으로 들어가고 장 부인도 어찌할 도리가 없어 방으로 들어가 잤다. 이튿날 흉악한 도적놈은 장 부인의 말에 속아서 종을 데리고 제사 음식을 장만했다. 장 부인이 목욕하고 방으로 들어가 사방을 살펴보니 동쪽 벽 위에 무엇이 놓여 있었다. 펼쳐 보니 기묘한 것이었다. 나무도 아니고 돌도 아닌 것이, 옥도 아니고 금도 아닌 것이 빛이 찬란해 햇빛을 가리고, 희미하고 엷은 무지개 같은 빛깔이 휘황찬란해 눈이 부셨다. 천지조화가 모서리마다 감춰져 있고, 강산의 정기가 복판에 깃들어 있었다. 예로부터 지금까지 보지 못하던 옥으로 만든 상자였다. 용궁에서 만들어진 것이 아니면 천신이 손수 만든 물건일 것 같았다. 장 부인이 앞면을 살펴보니, '명나라 도원수 유충렬은 열어 보아라.' 하는 글귀가 황금색으로 크고 뚜렷이 새겨져 있었다. 장 부인은 그 상자를 보고 몹시 놀라 얼굴빛이 하얗게 질려 마음속으로 생각했다.

'세상에 같은 성에 같은 이름이 또 있다는 말인가? 진실로 내 아들 충렬의 물건이라면 어째서 이곳에 있는가? 충렬아! 너의 옥함은 여기

에 있는데 너는 어디로 갔느냐?'

장 부인은 옥함을 다시 싸서 그곳에 놓고 밤이 되기를 기다렸다. 밤이 되자 흉악한 도적놈이 제사 음식을 많이 장만해 부인의 방으로 들어왔다. 장 부인이 받아서 하나하나 상 위에 차려 놓았다가 열두 시가 지나서 제사를 지내고 제사 음식을 나눠 먹은 뒤에 각각 잠을 청했다. 도적놈과 종들은 종일토록 제사 음식을 장만하느라 피곤해 다 잠이 들었다. 장 부인은 옥함을 꺼내어 행장에 깊이 싸 가지고 밖으로 나와 북두칠성을 바라보고 한없이 도망했다. 한 곳에 다다르니 날이 이미 밝으면서 큰길이 나타났다. 지나가는 사람들에게 물어보니 영릉관 큰길이라고 했다. 주막에 들어가 아침밥을 얻어먹고 다시 하루 종일 갔으나 얼마나 갔는지 알지 못했다.

어느 한 곳에 도착하니 앞에 큰 강물이 있는데, 물결은 마치 하늘에 닿을 듯 높으면서도 넓게 펼쳐져 있었다. 사방을 둘러보아도 사람의 자취가 없고 푸른 산만 펼쳐져 있었다. 십 리나 되는 긴 강물 가에 궂은 비는 내리고, 무심한 갈매기는 사람을 보고 놀란 듯이 이리저리 날아갔다. 슬픈 마음 긴 한숨에 피 같은 눈물이 뚝뚝 백사장에 떨어지니 모래 위에 붉은 점은 마치 복숭아꽃이 만발한 듯했다. 무정한 저 물새는 봄인가 여겨 날아들고 수심에 젖은 맑은 강물 소리에 속절없이 목이 메니 어찌 한심하지 않으리오.

장 부인은 하루 종일 걸어 기운이 다해 피곤했다. 인가를 찾아가 밤을 지내려 강을 건너고자 했으나 배 한 척도 없어 머뭇거리고 있었다. 이때에 서산에 해가 지고 찬 강물에 어둠이 깔리니 앞으로 나아갈 수도 뒤로 물러날 수도 없었다. 할 수 없이 물가를 따라 걸어가니 그 길이 끊어지지 않고 산골짜기 사이로 계속 이어져 있었다. 길을 잃지 않고 점점 들어가니 사람의 자취는 없고 사방이 고요한데, 다만 들리는 것은 두견새와 접동새의 울음소리와 구슬픈 원숭이 소리뿐이었다. 우거진 수풀을 헤치고 골짜기의 물을 따라 올라가니 아득한 달빛 속에 작은 초가가 보였다. 반가워서 급히 들어가니 사립문 앞에서 개가 짖는데 한 노파가 문밖으로 나왔다. 노파에게 인사를 하니 노파가 답례하고 방으로 들어가자고 했다. 장 부인이 들어가 앉으며 살펴보니 사방에 여자 옷은 없고 남자 옷만 걸려 있었다. 또한 곁방에서 남정네 소리가 나니, 장 부인은 마음이 불편해 편히 앉아 있을 수가 없었다. 저녁밥을 먹은 뒤에 노파가 물었다.

"그대는 뉘 집 부인인데 어찌 혼자 이곳에 왔나이까?"

"나는 본래 황성 사람으로 친정에 갔다가 강가에서 도적을 만나 겨우 목숨을 건지고 도망하여 이곳에 왔나이다."

노파가 이 말을 듣고 곁방으로 들어가 자식에게 말했다.

"저 여인의 말을 들으니 참으로 이상하도다. 며칠 전에 석장동 회수에서 사공을 하는 석장동 조카 놈이 이달 초에 강가에서 한 부인을 얻어 혼인을 한다는 말을 들었는데, 저 여인이 도적을 만나 도망하여 왔다고 하니 조카 놈이 얻은 계집이 분명하다. 빨리 이 밤으로 석장동에 달려가 마철을 데려와서 이 계집을 잃지 않도록 해라."

노파의 자식이 이 말을 듣고 급히 뒤뜰로 들어가 말 한 필을 내어 타고 바삐 채찍질해 나서니, 본래 이 말은 천리마로 순식간에 석장동에 당도했다.

　이때에 장 부인은 먼 길을 걸어 피곤하여 노파의 방에서 잠이 깊이 들었다. 비몽사몽간에 한 노인이 의젓하게 들어와 부인 곁에 앉으며 말하기를,

　"오늘 밤에 큰 변이 날 것이니 부인은 어찌 잠만 자고 있나이까? 급히 일어나 동산에 올라가 몸을 숨겼다가 변이 일어나거든 바삐 물가로 내려가시오. 그곳에 표주박처럼 작은 배가 한 척 있을 것이니, 그 배를 타고 화를 면하시오. 만일 그렇지 아니하면 천금같이 귀한 몸을 지키기 어려울 것이오."

하고 간 데 없으니, 놀라서 깨달으니 꿈이었다.

　장 부인이 황급히 일어나 보니 노파도 간데없이 사라졌다. 행장을 옆에 끼고 동산에 올라가 몸을 숨기고 동정을 살펴보니, 과연 남쪽에서 포 쏘는 소리가 한 번 나면서 불길이 하늘에 가득한 가운데 무수한 도적이 사방을 에워싸는데, 한 도적이 외쳤다.

　"그 계집이 여기 있느냐?"

　도적의 소리가 산골짜기를 진동했다. 장 부인이 크게 놀라 지척을 분간하지 못하고 엎어지고 넘어지면서 물가에 다다랐다. 사방을 둘러보아도 사람의 자취 없고 적막한데, 난데없이 표주박 같은 작은 배가 물가에 매여 있다. 배 안에서 한 선녀가 선창 밖으로 나오면서 부인에게 배 안으로 들어오라고 재촉했다. 장 부인이 정신없이 당황하면서 배에 올라 선녀를 보니, 머리 위에 옥으로 만든 연꽃을 꽂고 손에는 봉의 꼬리털로 만든 부채를 들었으며, 푸른 저고리 붉은 치마에 흰 옥

으로 만든 패물을 찼으니, 틀림없이 선녀요 인간 세상의 사람이 아니었다. 장 부인은 황송해 허리를 굽혀 절을 하고 말했다.

"복이 없고 팔자 사나운 저를 이렇게 구해 주시니 선녀의 깊은 은덕을 어찌 다 갚으리까?"

"소녀는 남해 용왕의 장녀입니다. 오늘 용왕께서 분부하시기를, '명나라 유충렬의 어머니 장 부인이 오늘 밤에 도적에게 변을 당할 것이니 네가 빨리 가서 구해 주어라.' 하시기에 왔사옵니다. 부인의 운명은 옥황상제께서도 알고 있는 것인데 소녀 같은 계집에게 무슨 은혜가 있다고 하겠습니까?"

장 부인이 옥황상제께 감사를 드리려고 하는데, 미처 마치지 못해 도적이 벌써 물가에 다다랐다. 포를 한 번 쏘니 난데없는 불길이 강물을 끓일 듯하고, 조그만 배 한 척이 양 돛을 높이 달고 쏜살같이 달려들어 부인이 탄 배에 접근했다. 적선에서 한 도적이 창검을 높이 들고 선창을 두드리며 소리쳤다.

"네 이년, 어디로 가느냐! 천신이 아닌데 물속으로 들어가겠느냐. 도망가지 말고 거기 있거라. 내 호통 소리에 나는 새도 떨어지고 달아나는 짐승도 못 가는데, 요망한 계집이 어디로 가려 하느냐!"

이렇듯이 소리를 지르니 배 가운데 있는 장 부인은 혼이 나간 듯했다. 미처 어찌할 수 없는 중에 돌아보니 도적의 배가 달려들었다. 장 부인은 어찌지 못하고 통곡하면서 말했다.

● **선창**(船艙) 물가에 다리처럼 만들어 배가 닿을 수 있게 한 곳.

"무지한 도적놈아! 나는 남경 유 주부의 아내다! 간신의 참소를 만나 이 지경이 되었을지언정 네 아내가 될 수 있겠느냐? 차라리 물에 빠져 맑고 깨끗한 혼이 되겠다!"

도적이 이 말을 듣고 분한 마음이 솟구쳐 창검으로 냅다 쳐서 부인이 탄 배를 거의 잡게 되었다. 난데없는 거센 바람이 동남쪽에서 일어나면서 백사장에 쌓인 돌이 바람에 흩날려 비오듯이 떨어지니, 만경창파 깊은 물에서 물결이 기운차게 일렁거렸다. 강산도 두려운데 도적놈의 조그만 배가 어찌 견딜 수가 있겠는가. 바람과 물결 소리가 천지를 진동하며 적선의 양 돛대가 부러져 물속으로 떨어지니, 천하의 항우와 같은 장사라도 바다에서 배를 타고 가려고 한들 돛대가 없으니 어떻게 가겠는가. 적선은 어쩔 도리가 없어 물 위에 둥둥 떠 있었다. 장 부인이 탄 작은 배는 용왕이 보낸 배여서 바람이 분다고 한들 부서질 수가 있겠는가. 강 가운데서 높이 떠 쏜살같이 달아나는데, 그 배 앞은 고요해 푸른 물결이 잔잔하고 달빛은 은은했다. 옥황상제가 분부해 용왕이 주신 배인데 염려할 필요가 있겠는가.

순식간에 배를 언덕에 대고 부인을 인도해 바위 위에 내려 주었다. 장 부인이 정신을 가다듬고 무수히 감사 인사를 하면서 행장을 간수해 물가로 올라갔으나 기운이 빠져 한 걸음도 못 옮길 지경이었다.

장 부인이 하루 종일 가다가 한 곳에 다다랐다. 이 땅은 친덕산 할임동으로, 산천이 수려하고 지형은 단정했다. 그곳에 이르자마자 날이 저물었다. 장 부인이 피로하고 나른해 물가에 앉아 쉬다가 잠깐 졸았다. 예전에 꿈에 나타났던 노인이 장 부인을 깨우며 말하기를,

"부인의 나쁜 운이 이제 다 없어졌다. 이 산골짜기로 들어가면 구해 줄 사람이 있을 것이니 바삐 가라."

하거늘 놀라 깨어 보니 푸른 산은 울창하고 시냇물은 잔잔했다. 장 부인이 일어나 산골짜기로 찾아 들어갔다. 백옥같이 고운 손발로 험한 산골짜기를 발 벗고 들어가니, 모진 돌과 나무에 채여 열 발가락이 하나도 성한 데가 없이 피가 흘렀다. 온몸이 흉측하게 되니 세상사 모두 귀찮기만 했다. 고운 얼굴에 근심이 가득했고, 피골이 상접해 살고 싶은 마음은 전혀 없고 죽고 싶은 마음만 간절하니, 길가에 앉아 슬프게 울면서 말했다.

"머나먼 연경으로 가려고 하니 여기서 연경이 사만오천육백 리라. 여자 혼자서 그 많고 많은 산과 강을 어떻게 가겠는가. 며칠 지나지도 않아서 이러한 변을 당했는데, 연경으로 가다가는 절개도 잃고 목숨도 부지하기 어렵겠다. 차라리 이곳에서 죽어 백골이나 고향으로 돌아가 남은 혼백이라도 황성을 다시 보리라."

장 부인이 행장을 풀어 옥함을 꺼내 놓고 비단 수건에 붉은 글자를 써 내려갔다.

모년 모월 모일에 명나라 동성문 안에 사는 유충렬의 모친 장씨는 옥함을 내 아들 충렬에게 전하노라. 죽은 혼백이라도 받아 보아라.

장 부인은 한 자 한 자 글자를 새긴 수건으로 옥함을 싸서 물속에 넣고 대성통곡하며 치마를 덮어쓰고 물에 빠져 죽으려 했다. 이때 산골짜기 사이로 어떤 여인이 물동이를 옆구리에 끼고 금간수에서 물을 긷다가 부인을 보고 급히 내려와 말리면서 바위 위에 앉히고 물었다.

"부인은 무슨 일로 이러하십니까? 내 집으로 가십시다."

장 부인이 문득 노인이 꿈에서 하던 말을 생각하고 여인을 따라갔다. 바위 위에 있는 돌길 사이로 몇 칸 안되는 초가가 있는데, 깨끗하면서도 기묘하고 아름다운 빛을 띤 구름이 어렸으니 군자가 사는 곳이요, 신선이 살 만한 곳이었다. 방으로 들어가 보니 갈포로 만든 두건과 베로 지은 옷이 벽에 걸려 있고, 수많은 책이 책상 위에 놓여 있었다. 장 부인은 마음이 편안해져서 그동안 고생하던 이야기와 연경을 찾아가다가 도중에 봉변당하던 일을 낱낱이 말했다. 주인도 눈물을 흘리고 손님도 슬피 우니 가엾고 불쌍하지 않은가.

이 집은 명나라 성종 황제 때에 벼슬하던 이인학의 아들 이 처사의 집이었다. 이인학의 어머니는 유심의 종숙모인데, 서로 못 본 지 몇 년이 지났다. 이 처사는 마음이 청백하고 행실이 분명해 벼슬을 그만두고 산속으로 들어와 농업에 힘쓰며 학업을 일삼았는데, 절개는 세상의 누구에게도 뒤처지지 않을 정도였다. 이 처사가 뜻밖에 장 부인을 만나 크게 놀라 안으로 맞이해 예를 마친 뒤에 부인이 겪은 일을 다 듣지도 못하고 눈물을 흘리며 말했다.

"처삼촌인 유 주부와 이별한 지 겨우 몇 년이 지났는데, 사람의 일이 그토록 변하여 이 지경이 될 줄 어찌 알았겠습니까."

● **종숙모**(從叔母) 아버지의 사촌 형제의 아내.

서로 울며 마음을 위로하고 음식과 거처를 제공하니 장 부인의 한 몸은 편안했으나, 다만 가슴속에 맺힌 한이 끝내 떠나지 않은 채 세월만 보낼 뿐이었다.

강승상이
유충렬을 구하여
사위로 삼다

각설, 이때에 충렬은 어머니를 잃고 물에 빠져 살길이 없었다. 그러다가 문득 두 발이 닿아 자세히 살펴보니 물속의 큰 바위였다. 그 위에 올라앉아 하늘을 우러러 어머니를 찾았으나 간데없고, 사방을 돌아보니 푸른 산이 은은하고 다만 물새 소리뿐이었다. 강가에서 원숭이들이 밤늦도록 슬피 우는데, 충렬은 통곡하며 바위 위에 서 있었다.

이때에 남경의 장사꾼들이 재물을 많이 싣고 북경으로 가면서 회수에 배를 띄워 놓고 물결을 따라가고 있었는데, 처량한 울음소리가 바람을 타고 들려왔다. 뱃사람들이 이상하게 여기고 배를 바삐 저어 울음소리 나는 곳을 찾아가니 한 동자가 물에서 슬피 울고 있었다. 동자를 급히 건져 배 안에 올려놓고 까닭을 물었다.

"바다에서 도적을 만나 어미를 잃고 웁니다."

뱃사람들도 동자의 말을 듣고 슬퍼하며 물가로 데려가 내려놓고 가고 싶은 데로 가라고 한 뒤에 다시 배를 띄워 북경으로 향했다.

충렬은 뱃사람들과 이별하고 정처 없이 다녔다. 이 마을 저 마을을 돌아다니며 구걸하여 먹고, 아무곳에서나 잠을 자곤 했다. 아침에는 동쪽에 있고 저녁에는 서쪽에 있으니 가을바람에 흩날리는 낙엽이요, 오고 가는 데 종적이 없으니 푸른 하늘을 떠다니는 구름과 같았다. 얼굴이 비쩍 말라 죽은 사람과 같았으며 차림새 또한 불쌍하기 그지없었다. 가슴속의 대장성은 때 속에 묻혀 있고, 등 위의 삼태성은 헌 옷 속에 묻혔으니 활달한 대장부가 도리어 걸인이 되었다.

세월이 물과 같이 흘러 충렬의 나이도 어느덧 열네 살이 되었다. 하늘과 땅을 집으로 삼고 이리저리 다니면서 길거리에서 밥을 빌어먹다가 초나라 땅에 이르렀다. 영릉을 지나다가 장사를 바라보고 한 물가에 다다르니 아득히 빈 물가에 슬픈 원숭이 소리뿐이요, 가랑비 내리는 백사장에는 흰 갈매기만 이리저리 날아다닐 뿐이었다. 뒤쪽을 돌아보니 푸른 대나무와 소나무가 우거져 있고, 적막한 옛 정자가 물결 사이로 보였다. 그곳에 올라가 보니 이 물은 멱라수요, 이 정자는 회사정이었다. 유심이 글을 쓰고 물에 빠져 죽고자 했던 바로 그곳이었다. 충렬은 저절로 마음이 슬퍼져서 정자에 올라가 사방을 살펴보았다. 제일 위에는 굴원의 평생 행적을 써 붙이고 그 밑에는 만고의 문장과 시구절이며 지나가는 나그네들의 노정기가 사방에 붙어 있었다.

동쪽 벽 위에 새로운 두 줄 글이 있었다. 그 글을 보니, '모년 모월 모일에 남경 유 주부는 간신에게 패하여 연경으로 귀양 가다가 멱라수에 빠져 죽노라.' 하고 쓰여 있었다. 충렬이 그 글을 보고 정자 위에 거꾸러지면서 큰 소리로 통곡했다.

"우리 아버님께서 연경으로 간 줄로만 알았는데, 이 물에 빠지셨구나. 나 혼자 살아나서 세상에서 무엇을 하겠는가? 회수에서 어머님을 잃고 멱라수에서 아버님을 잃었으니 무슨 면목으로 세상을 살아갈 것인가? 나도 함께 빠지리라."

이렇듯 말하고 물가로 내려가니 충렬의 울음소리가 용궁까지 사무쳤다. 어찌 천신이 무심할 것인가.

이때에 영릉 땅에는 강희주라는 재상이 살고 있었다. 어린 나이에 과거에 급제해 승상 벼슬을 했으나, 간신의 모함을 받아 벼슬에서 물러나 고향에 돌아와 있었다. 나라를 걱정하는 충성심은 변하지 않아 천자가 잘못 처리하는 일이 있으면 상소해 바로잡고자 하니 조정의 신하들이 그 올바른 소리를 꺼려 했다. 그중에도 정한담과 최일귀가 가장 미워했다. 강 승상이 마침 본부에 갔다가 돌아오는 길에 주막에서 자다가 오색구름이 멱라수에 어렸는데 청룡이 물속에 빠지려 하면서 하늘을 향해 무수히 통곡하며 백사장을 배회하는 꿈을 꿨다. 마음속으로 이상하게 생각해 날이 새기를 기다리는데, 새벽닭이 울며 날이 밝자 멱라수로 바삐 갔다. 과연 어떤 동자가 물가에 앉아 울고 있었다. 급히 달려들어 그 아이의 손을 잡고 회사정으로 데리고 올라가 자세히 물었다.

● **노정기**(路程記) 여행한 길의 경로와 거리를 적은 기록.

"너는 어떠한 아이인데 어디로 가며, 무슨 까닭으로 이곳에 와서 울고 있느냐?"

충렬이 울음을 그치고 대답했다.

"소자는 남경 동성문 안에 사는 정언 주부 유심의 아들이옵니다. 아버님께옵서 간신의 모함을 받아 연경으로 귀양 가시다가 이 물에 빠져 죽었다는 글이 회사정에 있는 까닭에 소자도 이 물에 빠져 죽고자 하옵니다."

강 승상이 이 말을 듣고 크게 놀라 낯빛이 변하면서 말했다.

"이것이 웬 말이냐? 근래 노환으로 황성을 못 갔더니 그동안에 사람의 일이 변하여 이런 변이 있었단 말이냐? 유 주부는 나라의 충신이다. 함께 조정에서 벼슬하다가 나는 나이가 많이 들어 고향으로 돌아왔는데, 유 주부에게 이런 일이 있을 줄을 꿈에나 생각하였겠느냐. 전혀 생각하지 못한 일이로다. 이미 지나간 일은 따지지 말고 나를 따라가자."

"대인은 소자를 생각하여 가자고 하시나 소자는 이 세상에 다시없는 불효자이옵니다. 살아서 무엇하겠습니까? 또한 어머님이 변양 회수에서 돌아가시고 아버님은 이 물에서 돌아가셨으니, 소자 혼자 살 마음이 없습니다."

강 승상이 달래며 말했다.

"부모가 모두 돌아가셨는데 너마저 죽는단 말이냐? 세상 사람들이 자식을 낳고 좋아하는 것은 후사가 끊어지지 않기 때문이다. 너마저 죽게 되면 유 주부 사당에 누가 향불을 피우고 제사를 모시겠느냐?

잔말 말고 따라오너라."

충렬이 어쩔 수 없이 강 승상을 따라가니 그곳은 영릉땅 월계촌이었다. 인가가 즐비하고 벽제 소리가 요란했다. 문과 창을 아름답게 꾸민 화려하고 커다란 집들이 하늘 높이 솟아 있고, 높은 벼슬아치들이 탄 화려하게 장식한 수레가 오가고 있었다.

강 승상이 충렬을 바깥채에 두고 안으로 들어가 부인 소씨에게 충렬의 사연을 낱낱이 말하니, 소씨가 이 말을 듣고 충렬을 불러 손을 잡고 눈물을 흘리며 말했다.

"네가 동성문 안에 사는 장 부인의 아들이냐? 장 부인이 나이가 늦도록 자식이 없어 나에게 매일 한탄하였는데, 어찌하여 저런 아들을 두고도 영화를 다 못 보고 황천객이 되었단 말이냐? 세상일이 허망하구나. 간신의 모함을 받아 충신이 다 죽으니 나라인들 무사할 수 있겠느냐? 다른 데 가지 말고 내 집에 있거라."

충렬은 감사의 절을 올리고 바깥채로 나왔다.

강 승상은 아들이 없고 다만 딸 하나만 두고 있었다. 부인 소씨가 딸을 낳을 때에 한 선녀가 오색구름을 타고 내려와 소씨에게 말했다.

"소녀는 옥황상제의 선녀이옵니다. 자미원 대장성과 연분을 맺고 있었는데 옥황상제께서 소녀를 강씨 집안으로 보내시기에 왔으니, 부인은 사랑으로 보살펴 주옵소서."

● **후사(後嗣)** 대(代)를 잇는 자식.
● **벽제(辟除)** 지위가 높은 사람이 행차할 때, 시종들이 사람들의 통행을 금하던 일.

이 말을 듣고 소 부인이 정신이 혼미한 가운데 딸을 낳으니, 용모가 비범하고 거동이 단정했다. 시 짓기와 글쓰기, 음악 연주 등 못하는 것이 없어 여자 가운데 으뜸이요, 총명한 지혜는 짝을 이룰 만한 사람이 없었다.

강 승상과 소 부인은 사윗감을 쉽게 고르지 못해 염려하고 지냈는데, 충렬을 데려다가 바깥채에 머무르게 하고 자식같이 길러 내니 천만다행이었다. 충렬의 고귀한 상은 이루 말할 수 없을 정도였다. 부귀와 지위는 맞설 사람이 없고, 영웅의 면모와 재주와 슬기는 만고에 제일이었다. 강 승상이 매우 기뻐하며 안채로 들어가 부인에게 혼사를 의논하니, 소 부인도 매우 기뻐하며 말했다.

"저도 마음속으로 충렬을 사랑하였는데, 승상께서 또한 그렇게 말씀하시니 더 이상 여러 말 할 것 없이 혼인을 시키도록 합시다."

강 승상이 밖으로 나와 충렬의 손을 잡고 말했다.

"너에게 결혼과 관련하여 긴히 부탁할 말이 있다. 이 늙은이가 오로지 딸 하나만 두었는데, 지금 보니 너와 내 딸은 하늘이 정해 준 인연임이 분명하다. 이제 내 딸과 평생 즐거움과 괴로움을 함께할 것을 너에게 부탁한다."

충렬이 무릎을 꿇고 앉아 눈물을 흘리면서 말했다.

"소자의 목숨을 구해 주시고 또 사위로 맞아 슬하에 두고자 하시니 감사하기 이를 데 없습니다. 다만 가슴속에 통탄할 일이 사무쳐 있습니다. 소자가 복이 없어 부모님의 생사도 모른 채 아내를 얻는 것은 자식의 도리가 아닙니다. 이것이 한스러울 뿐이옵니다."

강 승상이 그 말을 듣고 슬픔에 젖어 충렬의 손을 잡으며 말했다.

"이는 형편에 따라 일을 처리하는 한 방법이다. 너의 가문 시조 되시는 분도 어린 나이에 부모를 여의고 장씨 가문에 장가가서 어진 임금을 만나 개국 공신이 되시었으니, 조금도 서러워 말아라."

강 승상이 즉시 좋은 날을 골라 혼례를 치르니, 아름다운 신랑 신부의 모습이 마치 하늘나라에서 내려온 신선 같았다. 혼례를 마치고 신방으로 들어가 살펴보니 빛나고 빛난 것이 한 입으로 다 말하기 어렵고, 붓 하나로 다 기록하기 어려울 지경이었다. 신방에 환하게 촛불을 밝히고, 깊은 밤에 신랑과 신부가 평생 연분을 맺었으니 그 사랑하며 주고받은 말을 어찌 다 헤아리고, 어찌 다 기록하겠는가. 밤을 지낸 뒤에 이튿날 강 승상 부부께 뵈니, 승상 부부는 즐거운 마음을 이기지 못했다.

이럭저럭 세월이 물과 같이 흘러 충렬의 나이 열다섯 살이 되었다. 강 승상은 어진 사위를 얻고 만년에 근심이 없었으나 다만 유심이 간신의 모함을 받아 먹라수에 빠져 죽은 것을 생각하면 분한 마음이 치솟곤 했다. 그래서 조정에 글을 올려 유심의 원통함을 풀어 주고자 즉시 황성으로 가려고 했다. 충렬이 강 승상을 말리며 말했다.

"장인의 말씀은 감격스러우나 간신이 조정에 가득하여 나라의 권력을 장악하고 있으니 폐하께서 장인의 상소를 듣지 않을 것입니다."

강 승상은 충렬의 말을 듣지 않고 급히 짐을 사서 황성으로 올라갔다. 퇴임한 재상 권공달의 집에 거처를 정하고 상소문을 써서 승지를 불러 천자께 올려 달라고 부탁했다.

그 상소문은 이렇다.

전 승상 강희주는 삼가 머리를 조아려 백번 절하고 폐하께 상소를 올립니다. 황공하오나 충신은 한 나라의 본심입니다. 간신을 물리치고 충신을 등용하여 어진 정치를 행하시며 덕을 베푸시어 온 백성을 보살피시면, 소신같이 병든 몸일지라도 저 옛날 어진 순임금의 풍모를 다시 만나 죽어 백골이나마 푸른 산 좋은 땅에 묻힐까 하였습니다. 그런데 간신의 말을 듣고 주부 유심을 연경으로 멀리 귀양 보내셨으니 임금이 신하를 하찮게 여겨 밖으로 충신의 입을 막고, 간신의 악행을 받아들여 이들에게 극권을 쥐게 하셨으니 이 어찌 한심하지 않겠사옵니까. 왕망이 섭정함에 왕실이 미약해졌고, 회왕이 위태함에 항우가 죽었으니, 엎드려 바라옵건대 폐하께서는 깊이 생각하옵소서. 신이 비록 죽는 날이라도 폐하의 은혜가 바다와 같사오니, 엎드려 바라옵건대 폐하께서는 충신 유심을 즉시 풀어 주시어 폐하를 돕게 하옵소서. 아뢸 말씀은 끝이 없으나 황송하여 이만 그치나이다.

천자가 상소를 보고 크게 화가 나서 조정 대신들에게 보게 했다. 정한담과 최일귀가 강희주의 상소를 보고 매우 분해 하더니 즉시 대궐 안에 들어가 천자에게 아뢰었다.

"퇴한 신하 강희주의 상소를 보니 그 죄악이 사람의 도리에 크게 어긋납니다. 충신을 왕망에게 비유하여 폐하를 죽인다 하오니, 이놈에게 역적에 해당하는 법을 적용하여 능지처참하시고, 삼족을 멸하시옵

• **섭정(攝政)** 군주가 직접 통치할 수 없을 때에 군주를 대신해 나라를 다스림.

소서."

천자가 이를 허락하니, 정한담이 즉시 승상부에 나와서 나졸을 재촉해 강희주를 잡아들이라 명령했다. 나졸이 명령을 받고 권공달의 집으로 가서 강희주를 철망으로 결박하여 잡아갔다. 이때 강희주는 삼족을 멸한다는 말을 듣고 충렬에게 화가 미칠까 염려되어 급히 편지를 써 집으로 보내고는 철망에 싸여 금부로 들어가는데, 백발을 풀어 헤치고 피눈물을 흘리면서 원통함을 부르짖었다.

"충신을 구하려다가 황성의 저잣거리에서 주인 잃은 외로운 혼이 된단 말인가? 죽은 혼백이라도 임금의 잘못을 간하다가 억울하게 죽은 용봉과 비간을 벗한다면 역사에 그 이름이 영광되게 남을 것이다. 간신 정한담은 천자의 자리를 차지하고자 충신을 모함하여 원통한 혼백이 되게 하니 살아도 부끄럽지 않느냐!"

정한담은 승상부에 높이 앉아 강 승상을 잡아들여 계단 아래에 꿇리고 죄를 물었다.

"네가 예전에는 스스로를 충신이라 하더니 충신도 역적이 된단 말이냐?"

강 승상이 눈을 부릅뜨고 정한담을 보며 말했다.

"관숙 채숙도 주공을 역적이라 하지 않았느냐? 또 양화가 공자를 소인이라 말한 것이 어제 들은 듯하노라."

이 말에 정한담이 매우 화가 나 좌우의 나졸을 재촉해 강 승상을 수레 위에 높이 싣고 황성인 장안의 저잣거리로 나갔다. 강 승상의 고모인 황태후는 강 승상을 죽인다는 말을 듣고 급히 천자에게 들어가 눈물을 흘리며 말했다.

"들으니 강희주를 죽인다고 하는데, 무슨 죄로 죽이느냐? 친정 쪽 내 핏줄이라고는 다만 늙은 강희주뿐이라. 설사 죽일 죄가 있다 해도 나를 보아 죽이지 말고 먼 곳으로 귀양 보내기를 바라노라."

천자 또한 슬퍼하며 즉시 정한담을 불러 말했다.

"강 승상을 죽이지 말고 유심과 마찬가지로 멀리 옥문관으로 귀양 보내라."

정한담이 천자의 명을 듣고 마지못해 강희주를 옥문관에 귀양 보내고, 그의 가족을 다 잡아들여 관청의 노비로 삼으라는 명을 내리고 나졸들을 영릉으로 보냈다.

충렬은 강 승상이 황성으로 간 뒤 밤낮으로 염려하며 지내고 있었는데, 뜻밖에 강 승상의 편지가 왔기에 급히 뜯어서 열어 보았다.

오호라! 이 늙은이는 전생에 죄가 많아 슬하에 아들이 없고 다만 딸 하나만을 두었는데 하늘이 돌보아 그대를 만나 부귀영화를 보려고 딸의 평생을 그대에게 맡겼도다. 그러나 가문의 운수가 그러한지 조물주가 시기해서 그러한 것인

• **금부**(禁府) 의금부. 임금의 명령을 받들어 중죄인을 신문하는 일을 맡아 하던 관아.
• **용봉**(龍逄) 중국 하나라 걸왕(桀王)의 신하로, 걸왕의 무도함을 간하다가 피살됐다.
• **비간**(比干) 중국 은나라 주왕(紂王)의 충신으로, 주왕을 간하다가 피살됐다.
• **관숙**(管叔) **채숙**(蔡叔) 중국 주나라 관숙선(管叔鮮)과 채숙도(蔡叔度). 무왕(武王)의 아우들로서 성왕(成王)을 물리치고 국권을 잡으려다가 주공 때문에 뜻을 이루지 못하고 잡혀 죽었다.
• **주공**(周公) 중국 주나라 때 문왕과 무왕을 도와 왕실의 기초를 세우고 제도와 예악을 정해 주 문화를 크게 발전시킨 인물.
• **양화**(陽貨) 중국 춘추 시대 노나라의 정치가.

지, 충신을 구하려다가 만 리 밖 변방으로 귀양을 가 생사를 모르게 되었으니, 이러한 변이 또 있겠느냐. 이 늙은이는 살 만큼 살아서 지금 죽어도 서럽지 않으나, 딸아이의 일생을 생각하니 가련하고 불쌍하도다. 하늘이 맺어 준 인연으로 그대를 만나 신혼의 정을 다 나누기도 전에 이 지경이 되었으니, 앞으로 그 아이의 신세가 어찌 될지 가슴이 답답하도다. 이 늙은이는 반역죄로 잡아서 철망을 씌워 멀리 옥문관으로 귀양 보내고, 나의 가족은 모두 잡아다가 관청의 노비로 삼는다고 나졸들이 내려갔다. 그대는 급히 집을 떠나 화를 면하라. 만일 신혼의 정을 잊지 못해 도망하지 아니하면 우리 두 집안의 유일한 핏줄이 젊은 나이에 외로운 혼이 될 것이다. 부디 도망하였다가 뒷날 귀하게 되거든 내 자식을 찾아서 버리지 말고 백년해로하여라. 그리고 내가 죽은 날에 아무 술이나 한 잔 따르고 향불을 피운 뒤에, '승상은 평생 기르던 충렬의 손에 많이 흠향하고 가라.' 하면, 구천을 떠도는 혼이 한 잔 술이라도 잘 차려 올리는 제사상으로 알고 먹은 뒤, 청산에 썩은 뼈라도 봄바람을 다시 만나 그 은혜를 갚으리라.

충렬은 편지를 다 읽어 본 뒤에 낭자의 방으로 들어가 편지를 보여 주며 말했다.

"전생에 팔자가 기구하여 어려서 부모를 잃고 하늘과 땅을 집으로 삼고 사방으로 다니면서 밥을 빌어먹으면서 뜬구름처럼 살다가 하늘의 도움으로 장인을 만나 낭자와 백년가약을 맺었더니 일 년이 채 되지 않아 이런 변을 만났으니 어찌 망극하지 않으리오."

충렬은 입고 있던 속적삼을 벗어 글 두 귀를 써 주며 말했다.

"다른 날 다시 보십시다."

낭자가 이 말을 듣고 크게 놀라 낯빛이 변하면서 충렬의 옷을 잡고 큰 소리로 통곡하며 말했다.

"늙은 아버님께서 무슨 죄로 만 리 밖 오랑캐 땅으로 간다 하며, 청춘인 소첩이 무슨 죄를 지었기에 이처럼 복이 없고 팔자가 사납습니까? 나 같은 여자는 생각하지 말고 급히 화를 면하소서."

낭자는 붉은 치마 한 폭을 떼어 글 두 귀를 지어 주며 말했다.

"급히 나가소서."

충렬이 글을 받아 비단 주머니 속에 넌지시 넣고 울면서 하루를 보내니 낭자가 울며 말했다.

"낭군이 이제 가면 어느 날 다시 볼 수 있으리오. 어명이 지극히 엄중하니 노비가 되어 관청에 속하게 되면 죽어 저승에 가서나 다시 볼까 합니다."

충렬이 슬피 울며 떠나가는데, 강 낭자를 두고 가는 마음이 가을날 달 밝은 밤에 항우가 우미인을 이별하는 듯했다.

충렬이 급히 짐을 싸 서쪽 하늘을 바라보고 정처 없이 가는데, 자신의 신세를 생각하니 속절없는 눈물이 비 오듯이 떨어졌다. 천만 리 머나먼 길고 긴 길을 눈물이 앞을 막아 나가지 못했다. 소매로 눈물을 훔치고 서쪽 하늘의 구름을 바라보며 한없이 나아갔다.

● **우미인**(虞美人) 중국 초나라의 항우가 총애하던 여인. 항우가 해하성에서 유방의 군사에게 포위되어 이길 희망이 없자 자결해 항우를 격려했다고 한다.

강 낭자가 어머니를 잃고 관비의 수양딸이 되다

각설, 충렬을 이별한 뒤에 온 집안이 망극해 울음소리가 떠나지 않았다. 사오 일이 채 지나지 않아서 금부도사가 월계촌에 내려와 소부인과 강 낭자를 잡아내어 수레 위에 싣고 군사를 재촉해 황성으로 올라가며, 한편으로 집을 헐어서 연못을 만들었다. 가련하다, 강 승상이 대대로 살던 집을 헐어 하루아침에 연못을 만드니, 집오리만 둥둥 떠다니게 되었다.

소 부인과 강 낭자는 어쩔 수 없이 잡혀서 황성으로 잡혀 올라가다가 청수에 다다랐다. 해가 서산에 지고 날이 저물어 주막 객실에 들어가 자게 되었다. 이때 금부의 나졸 중에 장한이라는 군사가 있었는데, 예전에 승상부 서리였던 장한의 부친이 죄를 지어 거의 죽게 되었던 것을 강 승상이 구해 살린 일로 장한 부자는 그 은혜를 밤낮으로 생각하고 있었다. 장한은 강 승상 가족이 화를 당하자 불쌍하게 여겨 다른 군사 모르게 슬피 울었다. 그날 밤 삼경에 다른 군사가 모두 깊은 잠에 들자 장한은 가만히 소 부인이 자는 방문 앞으로 갔다. 소 부인과 강 낭자는 서로 붙들고 울며 잠을 이루지 못하고 있었다. 장한이 문밖에서 기침 소리를 내어 소 부인을 불렀다. 소 부인이 놀라 문을 열고 보니 장한이 땅에 엎드려 아뢰었다.

"소인은 금부의 나장입니다. 예전에 대감께서 벼슬할 때에 소인의 아비가 나라에 죄를 짓고 죽게 된 것을 살려 주셨습니다. 그 은혜가 골수에 사무쳐 갚기를 바라고 있었는데, 이때를 당하여 소인이 어찌 무심할 수 있겠습니까? 바라건대 부인은 너무 염려하지 마옵소서. 오늘 밤에 도망하시면 그 뒤는 소인이 감당할 것입니다. 조금도 염려하지 마시고 도망하여 살길을 찾으소서."

소 부인이 이 말을 듣고 마음이 조금 풀려 낭자를 데리고 장한을 따라 주막 밖으로 나서니 밤이 이미 깊어 삼경이었다. 인적이 고요한 가운데 동산을 넘어 십 리를 가 청수에 이르렀다. 장한이 하직 인사를 하며 말했다.

"부인과 낭자께서 이 물가에 빠져 죽은 표시를 하고 가시면 뒤탈이 없을 것입니다. 부디 살아나시어 뒷일을 도모하십시오."

소 부인은 낭자의 신세를 생각하니 정신이 아득해 속으로 생각했다.

'이제 비록 도망하여 왔으나 청춘인 딸을 데리고 어디로 가서 살며, 혹 살아난다고 한들 승상과 사위를 이별하고 살아서 무엇하겠는가? 차라리 이 물에 빠져 죽으리라.'

그러고는 낭자를 속여 뒤보는 체하고 급히 청수에 가 신을 벗어 물가에 놓고 물로 뛰어들었다. 가련하다, 강 승상의 부인이 백옥 같은 고운 몸을 물고기의 배 속에 장사 지내니, 어찌 가련하지 않으리오. 강 낭자는 어머니를 기다렸으나 끝내 오지 않아서 급히 나와서 살펴보니 사람의 자취라고는 찾아볼 수 없었다. 마음이 답답해 어머니를 부르며 청수 물가로 나가 보니 어머니가 신을 벗어 물가에 놓고 간 데가 없었다. 발을 동동 구르다가 자신도 빠져 죽으려 했다.

　이때는 동쪽 하늘이 차차 밝아 오는 오경쯤 되는 시간이었다. 때마침 영릉 고을의 관에 속한 계집종이 바깥 마을에 갔다가 돌아오는 길에 청수 가에 이르렀는데, 어떤 여자가 물가에서 통곡하며 물에 빠져 죽으려 하고 있었다. 급히 쫓아가 낭자를 붙들어 물가에 앉히고는 사연을 물은 뒤에 자기 집으로 가자고 했으나, 낭자는 한사코 죽으려 했다. 계집종이 수없이 설득해 집으로 데리고 와서 수양딸로 정한 뒤에 낭자의 자태를 살펴보니 마치 하늘나라 선녀와 같았다. 이 고을 수령에게 수청을 들게 하면 천금의 재산도 부럽지 않고 만 냥의 재물을 가진 태수 자리도 부러울 것이 없을 것 같아서 온갖 구실로 달래어 다른데로 가지 못하게 했다.

　각설, 충렬은 강 승상의 집을 떠나서 서쪽 하늘을 바라보고 정처 없이 가며 자신의 신세를 생각하니, 속절없고 어찌해야 할지 알 수가 없었다. 이제는 어찌할 도리가 없다고 생각하고는 산속에 들어가 머리를

● 수청(守廳) 아녀자나 기생이 높은 벼슬아치에게 몸을 바쳐 시중을 들던 일.

깎고 중이 되어 불도나 닦으려고 했다. 푸른 산을 바라보고 종일토록 가다가 한 곳에 다다랐다. 앞에 있는 큰 산에는 수많은 봉우리와 골짜기가 하늘 높이 솟았는데, 오색구름이 구리봉에 떠 있고 갖가지 화초가 활짝 피어 있었다. 신령한 산이라 생각하고 찾아 들어가니 경치가 빼어나고 풍경이 산뜻했다. 산길 육칠 리에 들리는 것은 잔잔한 물소리요, 보이는 것은 울창한 푸른 산뿐이었다. 울창한 숲 속을 기어 올라가니 수양버들 가지들이 봄바람을 못 이겨 늘어져 흔들거리며, 푸른 소나무와 대나무는 우거졌고, 온갖 풀은 봄기운을 다투고 있었다. 꽃잎이 떨어진 계곡물 층층마다 앵무새와 공작새가 넘노는데, 푸른 하늘에 걸려 있는 폭포가 층암절벽을 치는 소리는 한산사의 쇠북소리가 객선에 이르는 듯하고, 하늘 높이 솟은 암석이 푸른 소나무에 싸여 있는 모양은 산수화를 그린 여덟 폭 병풍을 둘러 놓은 듯했다.

봄바람이 언뜻 불며 경쇠 소리가 들리기에 차츰차츰 안으로 들어가니 오색구름 속에 화려하게 단청을 한 높은 누각과 큰 집들이 즐비했다. 일주문을 바라보니 황금으로 크게 글씨를 써서 '서해 광덕산 백룡사'라 뚜렷이 붙여 놓았다. 산문으로 들어가니 한 승려가 나왔다. 그 중의 모습을 보니 하얀 눈썹이 두 눈을 덮고 있고, 커다랗고 뚜렷한 귀는 어깨까지 늘어져 있는데, 그 맑고 빼어난 외모와 은은하게 풍기는 모습이 평범한 중은 아닌 듯했다. 그 중은 백팔염주를 목에 걸고 고리가 여섯 개 달린 지팡이를 짚고서 검은색 장삼에 다 떨어진 갓을

● **일주문**(一柱門) 절 입구에 기둥을 한 줄로 배치한 문.

쓰고 있었는데, 충렬을 보고 말했다.

"소승이 나이 들어 유 상공 오시는 행차를 동구 밖에 나가 맞이하지 못했으니, 소승의 무례함을 용서하옵소서."

충렬이 매우 놀라며 말했다.

"천한 인생으로 팔자가 기구하여 어려서 일찍 부모를 잃고 정처 없이 다니다가 우연히 이곳에 와 대사를 만난 것인데, 어찌 이토록 너그럽게 맞이하시며, 소생의 성은 어떻게 아십니까?"

"어제 남악 형산 화선관이 소승의 절에 왔다가 소승에게 부탁하기를, '내일 오시에 남경 동성문 안에 사는 유심의 아들 충렬이 올 것이니 쫓아내지 말고 대접하라.' 하셨습니다. 이에 소승이 찾아 나왔다가 상공의 차림새를 보니 남경 사람이기에 알아보았습니다."

충렬이 그 말을 듣고 한편으로 기쁘고 한편으로 슬퍼하면서 노승을 따라 들어가니, 여러 승려가 손바닥을 맞대고 절하며 반겼다. 노승의 방에 들어가 저녁밥을 먹은 뒤에 그 밤을 편히 쉬었다. 이곳은 마치 신선이 사는 곳 같아서 세상일을 모두 잊고 몸 또한 편안했다.

충렬은 이후로 노승과 함께 병서도 깊이 탐구하고 불경도 배우며 지냈다. 충렬이 본래 하늘에서 내려온 사람으로, 살아 있는 부처를 만나 기이한 술법도 배우고, 하늘의 일월성신과 땅 위의 명산 신령들이 모두 힘을 합해 가르치니 그 재주와 영민함을 누가 당할 수 있겠는가. 충렬은 밤낮으로 공부에 힘을 쏟았다.

● 오시(午時) 오전 11시부터 오후 1시 사이.

천자가 오랑캐를 막으려 군사를 일으키다

각설, 도총 대장 정한담과 병부 상서 최일귀는 자신들이 항상 꺼리던 유심과 강희주를 만 리 밖으로 귀양을 보내고 조정의 모든 신하를 모아서 천자 자리를 차지하고자 했다. 정한담도 본래 하늘나라의 익성으로, 신기한 병법과 둔갑해 몸을 숨기는 술법과 하늘로 오르고 땅속으로 들어가는 책략과 몸을 변화해 귀신이 되는 술수와 불을 잡고 물을 막는 방책을 배워 통달하고 있었으니, 세상의 누구도 당할 사람이 없었다. 또한 가장 높은 벼슬자리를 차지하고 변란을 일으켰으니 나라가 어찌 무사할 수 있겠는가.

영종 황제가 즉위한 지 3년이 되는 봄이었다. 나라의 운수가 불행해 남쪽 오랑캐 선우가 북쪽 오랑캐와 힘을 합쳐 천자 자리를 차지하려고 했다. 서천 36도의 우두머리와 남쪽 오랑캐인 가달, 토번 등 다섯 나라가 합세해 팔천여 명의 장수와 오백만의 정예 병사를 이끌고 밤낮으로 행군해 진남관에 다달아 천자에게 격서를 보내고, 진남관에 웅거했다.

이때에 백성들이 난리를 보지 못했다가 뜻밖에 난을 만나 산이나 들판으로 숨는 등 사방으로 흩어져서 피난하니, 쌓아 놓은 땔감도 다써 버리고 창고의 곡식도 모두 없어져 버렸다.

천자는 정월 보름날에 호산대에 올라가서 보름달을 구경하다가 궁궐로 돌아와 큰 잔치를 베풀어 신하들과 함께 즐기고 있었는데, 뜻밖에 진남관 수문장이 장계를 올렸다.

남쪽 오랑캐가 강성하여 다섯 나라와 힘을 합쳐 진남관 백 리 안에 가득하옵니다. 백성을 해치고 재물을 빼앗고 황성을 치려고 하니 바삐 군대를 보내시어 도적을 막으소서.

천자는 장계를 보고 매우 놀라서 여러 신하를 모아 놓고 의논을 했다. 정한담과 최일귀는 이 말을 듣고 매우 기뻐서 급히 별당으로 들어가 도사에게 밖에 오랑캐가 일어났다는 말을 하고, 자신이 천자가 되고자 하는 일에 대해 물었다. 도사는 문밖으로 나와 하늘의 기운을 살핀 뒤에 말했다.

● **장계**(狀啓) 왕명을 받고 지방에 나가 있는 신하가 자기 지역의 중요한 일을 왕에게 보고하던 일. 또는 그런 문서.

"때가 되었도다. 때가 되었도다. 신기한 영웅이 황성 안에 있나 했더니 이제 죽었으며, 때맞추어 오랑캐가 일어났으니, 이는 그대가 천자가 될 운수라. 급히 공격하여 때를 잃지 말아라."

정한담이 매우 기뻐하며 최일귀와 함께 갑옷과 투구를 갖추고 대궐로 들어갔다. 천자는 여러 신하와 오랑캐를 물리칠 방법을 의논하고 있었는데, 대궐 안에 바람이 일어나더니 한 대장이 계단 아래 엎드리며 아뢰었다.

"소장 등이 비록 재주는 없사오나 한번 나가 남쪽 오랑캐를 모두 멸망시켜 폐하의 근심을 덜고 공을 세우겠습니다."

모두가 바라보니 키가 십여 척이나 되는 장신에 얼굴이 웅장하며 황금 투구에 녹색 갑옷을 입은 것은 도총 대장 정한담이요, 얼굴빛이 숯먹 같고 눈빛이 황홀하며 백금 투구에 붉은 갑옷을 입은 것은 병부 상서 최일귀였다.

천자가 매우 기뻐하며 두 장수의 손을 잡고 말했다.

"경 등의 충성과 지략은 짐이 이미 알고 있다. 남쪽 오랑캐를 모두 물리쳐 짐의 근심을 덜도록 하라."

두 장수가 천자의 명령을 받고 각각 물러 나와 정예 병사 오천 명씩을 거느리고 행군하여 진남관에 진을 쳤다. 그러고는 그날 밤에 군사한 명만을 깨워 가만히 항복하는 글과 편지를 써서 적진에 보내고 회답을 기다렸다. 그 군사가 적진에 들어가 적장에게 항복의 글과 편지를 올리니 적장이 매우 기뻐하며 뜯어 보았다.

남경의 장수 정한담과 최일귀는 한 장의 편지를 남진 대장의 처소에 올리나이다. 우리 두 사람은 진심으로 충성을 다해 국가에 공을 세우고 백성에게 덕을 베풀며 지극한 정성으로 천자를 받들어 모셨습니다. 하지만 아직 우리를 알아주는 어진 임금을 만나지 못해 항상 마음속에 불만이 있습니다. 대장부가 이 세상에 태어나서 어찌 오래도록 남의 신하로만 있을 수 있겠습니까. 남자가 꽃다운 이름을 후세에 남기려면 마땅히 더러운 이름 또한 오래도록 남겨야 한다고 했으니, 이때를 맞이하여 어찌 기묘한 계책이 없겠습니까. 우리 두 사람을 선봉으로 삼으시면 천자가 항복할 것이니, 그대의 뜻은 어떠합니까? 회답을 보내기 바랍니다.

적장이 그 글을 보고 매우 기뻐하며 말했다.

"우리가 남경으로 나올 때 도사가 정한담과 최일귀가 있음을 염려했는데, 이제 저희가 먼저 항복하고자 하니 이는 하늘과 귀신이 돕는 것이다."

적장이 즉시 회답을 써 주니, 그 군사가 급히 본진으로 돌아와 답서를 올렸다.

그대의 마음이 우리 마음과 같도다. 원하는 대로 선봉을 맡길 것이니 오늘 밤에 반갑게 봅시다.

회신을 보더니 정한담과 최일귀가 갑옷과 투구를 갖추고 적진으로 들어갔다.

이때에 중군장이 급히 황성으로 올라가 정한담과 최일귀가 적과 내통한 일을 자세히 천자에게 아뢰었다. 천자가 이 말을 듣고 용상 밑으로 떨어져 발을 구르며 말했다.

"정한담과 최일귀가 적장에게 항복하였으니, 적진은 범이 날개를 얻은 것 같고, 짐은 용이 물을 잃은 것과 같다. 이제는 어쩔 수 없구나."

성안에 남아 있던 군사를 한 명도 빠뜨리지 않고 모두 모으고, 각 도 각 읍마다 공문을 보내 군사와 군량을 준비하게 하고, 우승상 조정만에게 도성을 지키게 하고, 태자를 중군으로 정하고, 천자가 친히 후군이 되어 행군을 재촉하니, 군사가 십여 만이요 장수는 백여 명이나 되었다.

북을 치며 행군을 재촉할 때, 예전에 길주 자사로 갔던 이행이 문밖에 엎드려 아뢰었다.

"소신이 비록 재주는 없사오나 나라의 어려운 때를 당하여 신하 된 자의 도리로 어찌 사직을 돕지 아니하겠습니까? 소신을 선봉으로 정하옵소서."

천자가 매우 기뻐하며 즉시 이행을 선봉으로 삼아 도적을 막았다.

정한담이 반역해 천자가 되다

정한담과 최일귀는 적진에 항복한 뒤 정한담이 선봉장이 되고 최일귀는 중군장이 되어 의기양양하게 황성으로 쳐들어갔다. 호령이 엄숙한 가운데 깃발과 창검은 팔공산의 나무같이 벌여 있고, 투구와 갑옷은 추운 겨울날 쏟아지는 햇빛같이 눈부셨다. 쇠북 소리와 함성은 천지를 진동하고, 목탁과 나팔 소리는 강산을 뒤엎는 듯했다. 순식간에 들어와 금산성 백 리 벌판에 빈틈없이 벌여 서서 안팎으로 진을 치고, 도사가 진중에서 기운을 살피면서 싸움을 재촉했다. 적진 중에서 포 소리가 나더니 한 장수가 달려 나오며 외쳤다.

"명나라 진중에 이 천극한의 적수가 있으면 빨리 나와 대적하라."

이 소리에 명 진중에서 대응하는 포를 쏘고는 좌익장 주선우가 맞서 소리치며 달려들어 싸웠다. 양 진영의 군사가 첫 싸움이라 대열을 갖추지 못하고 승부를 구경하고 있었는데, 몇 번 겨루지 않아 극한의 칼이 번쩍하더니 주선우의 머리가 말 아래로 떨어졌다. 명 진중에서 좌익장의 죽음을 보고 또 한 장수가 달려 나오며 소리쳤다.

"극한은 가지 말고 최상정의 칼을 받아라."

극한이 다시 우익장 최상정에게 달려들자 함성이 그치고, 그의 칼이 번쩍하더니 최상정의 머리가 떨어졌다. 명 진중에서 우익장의 죽음을 보고 왕공열이 소리치며 달려들었지만 칼 한번 쓰지도 못하고 죽게 되었다. 명 진중에서 여덟 대장군이 왕공열을 구하려고 한꺼번에 달려들었다. 적진에서는 명의 여덟 장군이 나오는 것을 보고 한진이 극한과 힘을 합해 여덟 장군과 맞서 싸웠다. 한진은 서쪽을 치고 극한은 동쪽을 치니 부딪치는 곳에서 죽는 군사의 수를 모를 정도였다. 세 번도 겨루지 않았는데 극한의 창검에 여덟 장군이 다 죽으니, 태자가 중군에 있다가 여덟 장군이 죽는 것을 보고 분한 마음을 참지 못해 말을 타고 진문 밖으로 나서며 소리쳤다.

"무도한 남쪽 오랑캐 놈아! 하늘이 정한 운명을 거역하고자 하니 그 죄 죽어도 아깝지 않도다! 너희 진중에 정한담과 최일귀의 머리를 베어 명 진중에 보내는 자가 있으면 옥새를 전하리라!"

태자가 극한을 맞아 싸우고자 하니, 선봉장 이황이 이 말을 듣고 달려 나왔다.

"태자께서는 아직 분을 참으소서. 소장이 극한을 잡겠습니다."

이렇게 외치고 나는 듯이 들어가 왼손에 든 칼로 극한의 머리를 베고, 오른손에 든 긴 창으로 한진의 머리를 베어 두 손에 갈라 들고,

좌우로 충돌해 본진으로 돌아왔다. 적진 중에서 이를 본 정한담이 장막 밖으로 나서며 말을 타고 아홉 척이나 되는 긴 칼을 높이 들고 바로 명 진중으로 달려가 한칼에 물리치려고 했다. 이때 먼저 오랑캐의 선봉장인 정문걸이 달려 나와 정한담을 부르며 말했다.

"대장은 분을 참으소서. 소장이 이황을 잡아 오겠습니다."

창을 번득이며 말을 타고 나가 달려 나와 싸우는데, 채 한 번도 겨루어 보지 못하고 정문걸의 칼이 빛나더니 이황의 머리가 말 아래로 떨어졌다. 정문걸은 이황의 머리를 칼끝에 꿰어 들고 본진으로 향하다가 다시 명 진중의 선봉으로 짓쳐 들어갔다.

"명나라 진은 불쌍한 사람을 죽이지 말고 빨리 항복하라!"

정문걸은 순식간에 선봉을 다 베고 중군으로 들어왔다. 태자는 중군을 지키다가 당하지 못할 줄 알고 후군과 천자를 모시고 금산성으로 도망했다.

정문걸은 명나라 진영의 장수들을 씨도 없이 다 죽이고 명나라 천자를 찾았으나 도망하고 없었다. 명나라 군사의 장비와 군복을 모두 탈취한 뒤 본진으로 돌아와 정한담에게 바로 달려 들어갔다.

한편 천자는 망극해 옥새를 땅에 놓고 하늘을 우러러 통곡하면서 말했다.

"짐이 지혜롭지 못하여 선황제께서 이룩한 사백 년의 왕업을 하루 아침에 정한담에게 잃게 되니, 이는 호랑이를 길러서 근심을 사게 된

●옥새(玉璽) 국권의 상징으로 국가적 문서에 사용하던 임금의 도장.

꼴이다. 누구를 원망하리오? 모두 짐의 불찰이라. 죽어서 황천에 돌아간들 선황제를 어찌 보며 살아 있은들 오랑캐 놈에게 어찌 무릎을 꿇겠는가?"

천자의 통곡 소리는 금산성이 떠나갈 듯 진동했다.

이때 수문장이 보고했다.

"해남 절도사가 군사를 거느리고 왔나이다."

천자가 매우 기뻐하며 빨리 들어오라 했다. 절도사는 군사 십만 병을 거느리고 성안으로 들어가 천자를 뵈었다. 천자가 즉시 절도사를 선봉으로 삼아 도적을 막으라고 명하니 절도사가 명령을 받고 성 아래에 진을 쳤다.

정한담이 도성으로 들어가 용상에 높이 앉아 호령하니, 조정의 모든 관리가 하루아침에 항복하고, 성안에 가득한 백성이 도적의 밥이 되어 물 끓듯 했다.

정한담이 금산성을 쳐서 무너뜨리고 옥새를 빼앗고자 선봉군, 중군, 후군 삼군을 재촉해 성 아래에 다다랐다. 명나라 진영의 군사가 길을 막자 정문걸이 홀로 말을 타고 창을 휘두르며 짓쳐 들어가 좌우로 충돌했다. 온몸이 칼날이 되어 달리니 그의 앞에 있는 장수와 군졸의 머리가 가을바람에 낙엽 지는 것 같고, 호랑이 앞에서 도망가는 토끼와 같았다. 순식간에 명나라 군사를 다 죽이고 산성 문밖에 달려들어 성문을 두드리며 외쳤다.

"명 황제야, 옥새를 내놓아라!"

그 소리에 금산성이 무너지며 강산이 뒤엎어지는 듯했다. 성안에 있는 군사들의 혼이 나갔으니 그 아니 가련한가.

천자와 조정만은 황급히 북문을 열고 도망해 바위틈에 몸을 숨겼다. 태자는 황후와 태후를 모시고 도망하려 했으나, 정문걸이 성안으로 들어와 천자를 찾다가 도망가고 없자 황후와 태자를 잡아서 본진으로 돌아왔다. 정한담이 황후를 결박하여 진 앞에 꿇리고 천자가 간 곳을 말하라고 했으나, 황후는 망극해 대답하지 않았다. 좌우에 서 있던 군사들이 창검을 갈라 들고 옥체를 겨누면서 바른대로 말하라 하니, 황후가 몹시 당황하면서 대답했다.

"이 몸은 계집이라. 성안에 묻혀 있다가 뜻밖에 난리를 당하였고, 폐하는 밖에 있었으므로 살았는지 죽었는지, 살았으면 어디 계신지 알지 못하노라."

정한담이 분노해 황후와 태자를 진중에 두어 굶어 죽게 하고, 용상에 높이 앉아 천자처럼 행세하면서 군사를 호령했다.

"명 황제를 사로잡는 자에게는 천금의 상을 주고 높은 벼슬을 내리리라!"

군사들이 명을 듣고 각기 자기 진으로 돌아갔다.

천자는 금산성에서 도망해 조정만과 함께 산골짜기 사이에 몸을 숨기고 있다가 황태후가 적진에 잡혀가 죽게 되었다는 말을 듣고는 통곡하다가 바위 아래로 떨어져 죽으려고 했다.

조정만이 천자를 붙들어 구한 뒤에 천자를 업고 명성원으로 도망하면서 천자에게 여쭈었다.

"남경이 힘을 모두 소진하였으니 도적 정한담을 잡기는 고사하고 정문걸을 잡을 장수도 없사옵니다. 이제 산동의 여섯 나라에 구원병을 청하여 싸우다가 일이 제대로 되지 아니하거든 옥새를 가지고 소신과 함께 용동수에 빠져 죽사이다."

천자가 옳다고 생각해서 조서를 써 산동의 여섯 나라에 급히 보내 구원병을 청했다. 이때 여섯 나라의 왕이 조서를 보고 각각 군사 십만 명과 장수 천여 명을 모아 급히 남경 명성원으로 보냈다.

여섯 나라가 합세해 호산대 넓은 벌판을 빈틈없이 행군해 들어오니, 천자가 매우 기뻐하며 군중으로 들어가 위로했다. 적진의 형세와 여러 차례 패한 사실을 낱낱이 말한 뒤에 적응을 선봉으로 삼고 조정만을 중군으로 삼아 황성으로 들어오니 그 웅장한 거동은 가을 서리와 같이 위엄이 있었다. 백사장 백 리에 군사들이 늘어서서 들어오니 남경이 비록 힘을 다 소진했다고는 하나, 아직 무서운 것이 천자의 위엄이었다. 금산성 아래에 진을 치고 싸움을 돋우니, 정문걸이 선봉에 있다가 구원병이 오는 것을 보고 홀로 말을 타고 창을 들고 나왔다. 정한담이 문걸을 불러 말했다.

"적병의 기세가 저렇게 엄격하고 웅장한데 장군은 어찌 이를 가볍게 여기고 가려 하시오."

"폐하, 어찌 소장의 재주를 쉽게 아십니까? 많게는 군졸 사십만 명과 백 명의 기마병을 한칼에 다 죽였습니다. 남경이 비록 여섯 나라에 구원병을 청하여 수많은 군사가 왔으나, 소장의 칼끝에 죽는 구경을 앉아서 하시옵소서."

정한담이 매우 기뻐하며 장수의 지휘대에 높이 앉아 싸움을 구경했다. 정문걸이 창과 칼을 좌우에 갈라 잡고 말 위에 높이 앉아 나는 듯이 들어가며 크게 소리쳤다.

"명 황제야! 옥새를 가져왔느냐? 너를 잡으려 하였더니 이제야 왔구나. 이를 두고 이른바 봄 꿩이 제 스스로 운다고 하는 것이로다. 어서 빨리 항복하여 남은 목숨을 보존하라."

억만 군사들 사이를 제 마음대로 다니면서 동쪽 장수를 치는 듯 남쪽 장수를 베고, 북쪽 장수를 베는 듯 서쪽 장수를 쓰러뜨리니 죽는 군사가 산처럼 쌓이고, 흐른 피가 내를 이루었다. 항우가 강동을 건너 함곡관을 부수는 듯, 조자룡이 산양수를 건너 삼국의 구원병을 짓치는 듯이 정문걸이 닿는 곳마다 싸울 군사가 없으니 그 아니 망극할까.

천자는 조정만과 옥새를 가지고 용동수에 빠져 죽으려고 했으나 용동수로 도망할 길조차 없어 하늘을 우러러 탄식만 할 뿐이었다.

● **조서**(詔書) 임금의 명령을 일반에게 알릴 목적으로 적은 문서.
● **조자룡**(趙子龍) 《삼국지》에 나오는 장수의 이름.

동이(東夷), 서융(西戎), 남만(南蠻), 북적(北狄)

정한담과 최일귀는 눈엣가시 같았던 유심과 강희주를 유배 보내고 조정을 장악합니다. 설상가상으로 황제가 즉위한 지 3년이 되는 봄날, 남쪽 오랑캐와 북쪽 오랑캐가 힘을 합쳐 천자 자리를 차지하려고 공격해 옵니다. 오랑캐는 팔천여 명의 장수와 오백만의 정예 병사를 이끌고 밤낮으로 행군해 궁궐에 다달아 천자에게 격서를 보냅니다. 위기에 닥친 천자는 오랑캐를 막을 궁리를 하지만 신통치 않습니다.

오랑캐의 어원은?

오랑캐는 원래 만주와 몽골에 걸쳐 유목 생활을 하던 '우량카다이'란 부족을 가리키는 말입니다. 한자로는 '원양합(兀良哈)'이라고 적었습니다. 우량카다이족은 칭기즈칸 시절에도 건재한 부족입니다. 여러 부족 중에 몽골족이 최종 승자가 되어 지금은 몽골이라고 하지만, 원래 타타르 부, 우량카다이 부 등이 더 유명했습니다. 서양에서는 지금도 '타타르'를 몽골을 가리키는 말로 씁니다. 그런데 우량카다이족을 가리킬 때 묘하게도 '캐'와 비슷한 발음이 들어가면서 이 말이 널리 쓰이기 시작한 듯합니다. 왜냐하면 몽골족을 가리킨 최초의 말이 흉노(匈奴)였던 것처럼(흉노라는 한자어를 들여다보면 흉흉할 '흉' 자에 노비를 가리키는 '노' 자가 들어 있다.) 어떻게든 유목민들을 낮춰 부르려고 애를 썼기 때문입니다. 원래 오랑캐라는 개념은 중국이 만든 것으로, 그들은 중국 외의 모든 민족을 오랑캐라고 불렀습니다.

서쪽의 오랑캐 서융
티베트족·위구르족 등

북쪽의 오랑캐 북적
몽골족·선비족·흉노족 등

중국인들은 왜 오랑캐를 싫어했나?

중국인들이 다른 민족을 혐오한 데에는 그럴 만한 이유가 있습니다. 중국 역사의 절반 이상을 이들이 갖고 있기 때문입니다. 동이 중에서 고구려는 현재의 북경 일대인 유주를 차지한 적이 있고, 고구려의 후예인 거란, 여진은 요(遼)와 금(金), 청(淸)을 세워 중국을 지배했습니다. 일본도 현대 중국의 북부를 차지한 적이 있습니다. 북적 중에서는 흉노가 한나라를 삼백 년간 지배했고, 몽골이 원(元)나라를 세웠습니다. 선비족은 북위(北魏), 수(隋), 당(唐)의 건국 세력이 되었습니다. 서융 중에서는 위구르가 위구르 제국을 세워 중국 북서쪽 일대를 통치했고, 서하족이 서하(西夏)를 통치했고, 티베트족이 초기 주(周)나라 집권 세력을 이루었고, 이후로도 크고 작은 나라를 만들어 냈습니다. 남만 중에서도 베트남, 미얀마, 그리고 대리족의 대리국이 있었습니다. 이렇게 따져 보면 중국사의 절반 이상이 이민족 지배사입니다. 중국인들은 이런 역사를 가지고 있기 때문에 이민족을 경계하자는 뜻에서 오랑캐 개념이 나온 것입니다.

남쪽의 오랑캐 남만
미얀마족·대리족·베트남족
등 장강 이남의 종족

동쪽의 오랑캐 동이
고구려·거란족·여진족 등

갑옷과 칼,
천리마를 얻어
출전하다

각설, 유충렬은 서해 광덕산 백룡사에서 노승과 함께 서로의 마음을 잘 아는 친한 사이가 되어 세월을 보내고 있었다. 때는 부흥 13년 가을 칠월 보름이었다. 찬바람이 쓸쓸하게 불고 낙엽이 떨어져 날리자 충렬은 고향을 생각하고 제 신세를 생각하며 달빛 가득한 깊은 밤에 홀로 앉아 슬픔에 빠져 있었다. 노승이 밖에 나갔다 들어오며 충렬을 불러 말했다.

"상공은 오늘 밤 하늘의 별자리를 보았나이까?"

충렬이 놀라 급히 나와 보니, 천자의 자미성이 떨어져 명성원에 잠겨 있고, 남경에 살기가 가득했다. 방으로 들어와 한숨짓고 눈물을 흘리니 노승이 말했다.

"난리는 남경에서 났는데 산중에 피난해 있는 사람이 무슨 근심이 있습니까?"

충렬이 울며 말했다.

"소생은 남경에서 대대로 벼슬을 하던 집안의 사람이옵니다. 나라에 변란이 일어났는데 어찌 근심이 없겠습니까? 하지만 맨손에 빈 몸으로 만 리 밖에 있사오니 한탄한들 무엇하겠습니까?"

노승이 웃으면서 벽장을 열고 옥으로 만든 함을 내어놓았다.

"이 옥함은 용궁의 조화이옵니다. 옥함을 싸맨 수건에 적힌 글씨가 누구의 글씨인지 자세히 보십시오."

충렬이 의심해 옥함을 살펴보니,

남경 도원수 유충렬은 열어 보아라.

하고 금으로 글자가 새겨 있었다. 싸맨 수건을 끌러 보니,

모년 모월 모일에 남경 동성문 안에 사는 충렬의 모친 장 부인은 내 아들 충렬 에게 부치노라.

하고 쓰여 있었다. 충렬이 수건과 옥함을 붙들고 큰 소리로 통곡하니 노승이 위로했다.

"소승이 수년 전에 절을 새로 고치기 위해 시주를 얻으려고 변양 회수에 간 일이 있습니다. 회수에 다다르니 기이한 오색구름이 수건에 덮여 있기에 급히 가서 보니 옥함이 물가에 놓여 있었습니다. 주인을

찾아 주려고 가져다가 간수하였는데, 오늘 보니 상공이 전쟁에서 사용할 물건들이 옥함 속에 있는가 봅니다."

예전에 회수의 사공 마철이 물속에서 잠수질하다가 큰 거북이 옥함을 지고 나오는 것을 보고 거북을 죽이고 옥함을 가져다가 자기 집에 두었는데, 장 부인이 마철의 집에서 가지고 나와 수건에 글을 쓰고 회수에 넣었던 그 옥함이었다. 그런데 백룡사 승려가 가져다가 이날 충렬에게 준 것이었다.

충렬이 옥함을 안고 말했다.

"이것이 정말로 내 물건이라면 옥함이 열릴 것입니다."

충렬이 위짝을 열어 보니 빈틈없이 물건이 들어차 있었다. 자세히 보니 갑옷과 투구 한 벌과 긴 칼 하나와 책 한 권이 들어 있었다. 투구를 보니 금도 아니고 옥도 아닌 것이 광채가 찬란하여 눈이 부셨다. 그 속을 살펴보니 '일광주'라는 글자가 금빛으로 새겨져 있었다. 갑옷을 보니 용궁의 조화가 분명했다. 무엇으로 만들었는지는 알 수 없으나 옷깃 밑에 금으로 글자가 새겨져 있었다. 큰 칼은 칼의 머리와 꼬리가 없었다. 그 안에 있던 책 《신화경》을 펼쳐 놓고 칼 쓰는 법을 보니,

갑옷을 입은 뒤에 《신화경》을 보고 나서 하늘 위의 대장성을 세 번 보면 사린 칼이 절로 퍼져 변화가 무궁하리라.

하고 써 있었다. 즉시 시험해 보니 십 척이나 되는 큰 칼이 번쩍하며 사람을 놀라게 했다. 칼 한가운데에 대장성이 샛별같이 박혀 있고, '장

성검'이라는 글자가 금으로 새겨져 있었다. 충렬은 모두 다 행장에 간수하고 노승에게 말했다.

"하늘의 도움으로 대사를 만나 갑옷과 창검을 얻었으나 용마가 없으니 무슨 쓸모가 있겠습니까?"

"옥황상제께서 장군을 명나라에 보낼 때 사해의 용왕이 어찌 몰랐겠습니까? 수년 전에 소승이 서역에 갈 때 백룡암에 이르니 어미 잃은 망아지가 누워 있었습니다. 그 말을 데려왔으나 산에 두기가 마땅하지 않아 송림촌의 촌장에게 맡기고 왔으니, 그곳을 찾아가 그 말을 얻은 뒤에 지체하지 말고 급히 황성으로 달려가십시오. 지금 천자의 목숨이 위태로우니 어서 가서 구원하소서."

충렬이 이 말을 듣고 급히 송림촌을 찾아가 촌장을 만난 뒤에 말을 구경하게 해 달라고 했다. 말이 제 임자를 만나더니 벽력같이 소리치며 백여 길이나 되는 토굴을 넘어 뛰어나와서 충렬에게 달려들었다. 충렬의 옷도 물고 몸도 대어 보는데, 그 웅장한 거동은 붓으로 기록하기 어려울 정도였다. 깊은 산의 용맹스런 호랑이가 냅다 선 듯, 북해 흑룡이 푸른 하늘을 날아오르는 듯, 강산의 정기는 눈빛에 서려 있고 나는 용의 조화가 네 발굽에 번듯했다. 턱 밑에 '사송 천사마'라는 글자가 용의 비늘로 새겨져 있으니, 충렬이 매우 기뻐하며 촌장에게 말을 사겠다고 했다. 촌장이 웃으면서 말했다.

"몇 년 전에 백룡사 스님이 이 말을 맡기면서, '이 말을 길러 내어 임자를 찾아 주라.' 하였기에 맡아서 길렀습니다. 이 말이 커 가자 잡을 길이 없어 토굴에 가두었는데, 수많은 사람이 구경을 했으나 한 사람도 가까이 가지 못했습니다. 오늘 그대를 보고 제 스스로 찾아오니, 스님이 말하던 임자가 바로 그대임이 분명합니다. 하늘이 주신 보배를 어찌 팔 수 있겠습니까? 물건에는 각기 주인이 있다고 하니 가져가옵소서."

충렬이 매우 기뻐 말안장을 갖추어 타고 촌장을 하직하고는 송림동 장자를 하직하고 광덕산으로 가서 노승에게 감사의 인사를 드렸다. 몇 년간 정이 들었던 터에 충렬이 하직하려고 하자 여러 스님이 이별을 몹시 아쉬워했다. 이를 어찌 다 이야기하고 기록하겠는가.

충렬은 스님들을 하직하고 말 위에 높이 앉아 남경을 바라보며 말에게 경계해 말했다.

"하늘이 나를 내시고 용왕이 너를 내신 것은 그 뜻이 모두 다 남경을 돕게 함이라. 이제 남쪽 오랑캐가 강성한 힘을 믿고 황성에 쳐들어와 천자의 목숨이 위태롭다 하니, 대장부 급한 마음을 잠시도 지체할 수 없다. 너는 힘을 다하여 순식간에 남경에 도달하게 하라."

천사마가 충렬의 말을 듣고 푸른 하늘을 바라보며 벽력같이 소리 지르고 흰 구름을 헤치고 나는 듯이 달려갔다. 말에 탄 사람은 하늘이 내린 사람이요, 말은 하늘을 나는 용이라. 바람같이 남경으로 달려오니 금산성 넓은 벌판에 살기가 하늘 가득하고 황성 문안에는 울음소리가 진동했다.

천자는 중군 조정만과 함께 옥새를 가지고 도망해 용동수에 빠져 죽고자 했으나 적진을 벗어날 길이 없어 어쩔 줄 몰라 쩔쩔매고 있었다. 그런데 문득 북쪽으로부터 수많은 군사와 말이 달려 들어오며 천

자를 불렀다. 천자는 명나라 군사가 오는 줄로 알고 반가워 바라보니, 남쪽 오랑캐와 내통한 마룡이 진공이라는 도사를 데리고 황제를 치려고 억만 군병을 이끌고 들어오고 있었다. 정한담은 스스로 천자가 되어 신하들을 거느리고 최일귀는 대장이 되어 삼군을 이끌고 있는데, 또한 북쪽 오랑캐가 합세하니 그 형세가 웅장함은 만고에 으뜸이었다.

선봉장 정문걸이 의기양양해 명나라 진의 여섯 나라 구원병을 한칼에 다 무찌르고 선봉을 헤쳐 진중으로 짓쳐 들어오면서 말했다.

"명나라 황제야, 항복하라! 내 한칼에 여섯 나라의 구원병이 다 죽었고, 또한 북쪽 오랑캐가 합세하였으니 네 어찌 당할 수 있겠느냐? 빨리 나와 항복하여 너의 어미와 아들을 찾아가라!"

천자는 어쩔 수 없어 옥새를 목에 걸고 항복 문서를 손에 들고 항복하려 하니, 중군 조정만과 명나라 진에 남은 군사들이 어찌 한심하고 슬프지 않겠는가. 천자가 명성원이 떠나가도록 큰 소리로 통곡하며 항복하러 나왔다.

승전하여
도원수가 되다

각설, 유충렬이 금산성 아래에서 기운을 살피다가 형세가 위급한 것을 보고, 일광주 용린갑에 장성검을 높이 들고 천사마를 채찍질해 바삐 중군의 처소로 들어가 조정만에게 나가서 싸우기를 청하니, 조정만이 급히 나와 손을 잡고 울며 말했다.

"그대의 충성은 지극하나 지금 천자께서 항복하려 하시고, 또한 적진의 형세가 저렇듯 대단하니 그대의 청춘이 전쟁터에서 백골이 될 것이로다. 원통하고 망극하다."

충렬이 분한 마음을 이기지 못하고 진의 문밖으로 나서면서 적장에게 벽력같이 소리쳤다.

"이봐라, 역적 정한담아! 남경 동성문 안에 사는 유충렬을 아느냐, 모르느냐? 빨리 나와 목을 내놓아라!"

이 소리에 양쪽 진영이 뒤흔들리고 천지 강산이 진동했다. 정문걸이 매우 놀라 돌아보니 일광주에서 발하는 빛에 눈이 부시고, 용린갑은 온몸을 가렸으며, 천사마는 하늘을 나는 용이 되어 구름 속에 싸여 있다. 공중에서 소리만 나고 눈에는 보이지 않으니, 정문걸이 창검만 높이 들고 주저주저하는데, 벽력 같은 소리가 나면서 장성검이 번쩍하더니 정문걸의 머리가 땅에 떨어졌다. 충렬이 정문걸의 머리를 베어 들고 중군으로 달려오니, 조정만이 엎어지며 문밖으로 급히 나와 충렬의 손을 잡고 들어갔다.

이때 천자는 옥새를 목에 걸고 항복의 문서를 손에 들고 진문 밖으로 나오다가 보니, 뜻밖에 호통 소리가 나며 어떤 대장이 정문걸의 머리를 베어 들고 중군으로 들어갔다. 매우 놀랍고도 기뻐서 중군을 급히 불러 말했다.

"적장을 베던 장수의 성명이 무엇이냐? 빨리 데리고 들어오라."

충렬이 말에서 내려 천자 앞에 엎드리니 천자가 급히 물었다.

"그대는 누구인데 죽을 사람을 살리는가?"

충렬이 저의 부친과 장인의 죽음을 몹시 원통하고 분하게 여겨 통곡하며 아뢰었다.

"소장은 동성문 안에 살던 정언 주부 유심의 아들 충렬이옵니다. 사방을 떠돌아다니며 빌어먹으면서 만 리 밖에 있다가 아비의 원수를 갚으려고 여기 잠깐 왔습니다. 폐하께서는 정한담에게 핍박을 당하실 줄 꿈에도 생각하지 못하셨습니까? 예전에 정한담을 충신이라 하시더니 충신도 역적이 되나이까? 그놈의 말을 듣고 충신을 멀리 귀양 보내

어 다 죽이고 이런 환란을 당하시니 천지가 아득하고 해와 달이 빛을 잃은 듯하옵니다."

충렬이 슬피 통곡하며 머리를 땅에 두드리니 산천초목도 슬퍼하고 진중의 군사들도 눈물을 흘리지 않는 자가 없었다.

천자는 이 말을 듣고 더할 나위 없이 후회스러웠으나 할 말이 없어 우두커니 앉아 있었다. 적진에 잡혀갔던 태자가 본진에서 정문걸의 목을 베는 것을 보고 적진을 빠져나와 급히 천자 곁에 앉아 있었는데, 충렬의 말을 듣더니 버선발로 내려와서 충렬의 손을 붙잡고 말했다.

"경이 이게 웬 말인가? 옛날 주나라 성왕도 관숙과 채숙의 말을 듣고 주공을 의심하다가 잘못을 깨닫고 뉘우쳐 훌륭한 임금이 되었도다. 충신이 죽는 것은 하늘이 정한 것이다. 그런 말은 하지 말고 온 힘으로 충성을 다하여 천자를 도우면 태산과 같은 그 공로는 천하를 반으로 나누어 보답하고, 바다와 같은 그 은혜는 죽은 뒤에라도 갚으리라."

충렬이 울음을 그치고 태자의 얼굴을 보니 천자의 기상이 뚜렷하고 한 시대의 성스러운 임금이 될 듯했다. 투구를 벗어 땅에 놓고 천자 앞에 사죄하며 말했다.

"소장이 아비의 죽음을 한탄하여 분한 마음으로 지나친 말씀을 폐하게 아뢰었으니 죽을 죄를 지었습니다. 소장이 죽는다 해도 어찌 폐하를 돕지 아니하오리까?"

천자가 충렬의 말을 듣고 친히 계단 아래로 내려와서 투구를 씌우면서 손을 잡고 말했다.

"과인은 보지 말고 그대의 선조가 나라를 세우던 일을 생각하여 나라를 도와주면 태자 하던 말대로 그대의 공을 갚으리라."

충렬이 명령을 받고 물러 나와 장수의 지휘대에 높이 앉아 군사를 통솔하니, 피로하고 병든 장수와 병졸이 불과 일이백 명에 불과했다. 천자가 삼 층으로 쌓아 올린 단에 높이 앉아 하늘에 제사하고 대장군의 징표인 도장과 칼을 끌러 내어 충렬에게 줬다. 또 대장이 지휘하는 깃발에 친필로 '대명국 대사마 도원수 유충렬'이라 뚜렷이 써서 줬다. 유 원수가 천자의 은혜에 감사하고 물러 나와 진법을 시험했다. 긴 뱀처럼 한 줄로 길게 늘어진 모양을 한 장사일자진을 쳐서 머리와 꼬리를 서로 합쳐지게 하고 군사들에게 호령했다.

"남북의 적병이 비록 억만 명이라 할지라도 나 혼자 감당하겠으니 너희는 대열을 잃지 마라!"

이때에 적진 중에서 정문걸이 죽는 것을 보고 서로 나와 싸우려 했다. 삼군 대장 최일귀가 분한 마음을 이기지 못해 푸른 도포를 구름처럼 드리운 갑옷에 백금으로 된 투구를 쓰고 긴 창과 큰 칼을 양 손에 갈라 들고 적제마를 채찍질하여 나는 듯이 달려들면서 외쳤다.

"적장 유충렬아! 네가 아직 철이 없어 남북의 강병 억만 군사를 업신여기니 빨리 나와 죽어 보라!"

유 원수가 지휘대에 있다가 최일귀란 말을 듣고 급히 나와 맞받아 소리쳤다.

"정한담은 어디 가고 어찌 너만 나왔느냐? 너희 두 놈의 간을 내어 우리 부모님 혼령 앞에 절하고 바치리라!"

유 원수가 소리치며 달려들어 장성검을 휘두르니 최일귀의 긴 창과 큰 칼이 깨어져 부서졌다. 최일귀가 매우 놀라 철퇴로 치려고 했으나 유 원수의 몸이 보이지 않았다. 적 진중에서 옥관 도사가 싸움을 구경하다가 크게 놀라 급히 꽹과리를 쳐 최일귀를 돌아오게 하니, 일귀가 본진으로 겨우 돌아와 정신을 잃었다.

북쪽 오랑캐의 선봉인 마룡은 천하의 명장이다. 최일귀가 충렬을 잡지 못하고 돌아온 것을 분하게 여겨 진영의 문을 헤쳐 나오며 말했다.

"대장은 어찌 조그마한 아이를 살려 두고 오십니까? 소장이 잡아 오리다."

마룡이 나는 듯이 달려 나가려 할 때, 진중에서 진진 도사가 나와 마룡의 말 머리를 잡고 말했다.

"대장은 가지 마옵소서. 적장의 갑옷, 투구와 창검을 보니 용궁의 조화이옵니다. 몇 년 전에 대장성이 남경에 떨어졌는데, 지금 적장의 검술을 보니 북두성 대장성이 칼 빛에 응하고, 일광주와 용린갑은 온몸을 가리었고, 사람은 천신이요, 말은 비룡이니, 누가 능히 당해 내겠습니까?"

마룡이 분노해 도사를 꾸짖어 말했다.

"대장부 앞에 요망한 도사 놈이 웬 잔말을 하느냐? 빨리 물러서라!"

도사는 머지않아 큰 변고가 있을 것이라 생각하고, 진중에 들어가지 않고 좁은 길로 도망해 싸움을 구경했다.

정한담의
군사를 무찌르다

마룡이 왼손에 삼천 근이나 되는 철퇴를 들고 오른손에 창검을 들고 호통을 지르며 나와 유 원수를 맞아 싸우는데, 일광주 빛에 쏘이자 두 눈이 캄캄해 정신이 없었다. 구름 속에서 무슨 소리가 나더니 칼에서 빛이 비치기에 마룡이 유 원수를 치려고 했으나 장성검이 번쩍하더니 마룡의 손을 쳤다. 철퇴를 든 팔이 땅에 떨어지니 마룡이 몹시 놀라서 공중으로 솟구쳐 오른손에 잡은 칼로 번개처럼 내려쳤다. 그러나 마룡의 긴 칼이 산산히 부서져 빈 자루만 남았다. 마룡이 아무리 이름난 장수라 한들 맨손으로 어떻게 당하겠는가. 본진으로 도망가려고 할 때 벽력 같은 소리가 진동하며 장성검이 번쩍하더니 마룡의 머리가 안개 속에 떨어졌다. 유 원수가 마룡의 목을 본진에 던지고 몸은 적진에 던지며 말했다.

"이봐라! 정한담아! 빨리 나와 죽기를 재촉하라. 네놈도 이같이 죽
이리라."

유 원수가 아무 거리낌 없이 제멋대로 돌아다녀도 공중에서 소리만
날 뿐 몸은 보이지 않으니 적진이 크게 놀라 혼이 나간 듯했다.

정한담이 몹시 화가 나서 용상을 치며 말했다.

"억만 군사 중에 충렬을 잡을 자가 없느냐?"

이 말에 최일귀가 형사마를 비껴 타고 십 척 장검을 빼어 들며 진의
문밖으로 나서며 말했다.

"대장은 아직 참으소서. 소장이 상대하리다."

최일귀는 말을 마치고 나는 듯이 들어가며 외쳤다.

"적장 유충렬은 승부를 가리지 못했던 싸움을 이제 결단 내자!"

유 원수가 이 말을 듣고 천사마에 뛰어오르니, 왼손에 든《신화경》
은 신장을 호령하고 오른손에 든 장성검은 해와 달을 희롱했다. 적진
을 바라보고 나는 듯이 들어가는데, 온몸이 한 빛이 되어 가는 줄을
모를 정도였다. 최일귀를 맞아 싸움을 시작하자마자 장성검이 번쩍하
더니 일귀의 머리를 베어 칼끝에 꿰어 들고 본진으로 돌아와서 천자
앞에 바치며 말했다.

"이것이 최일귀의 머리가 틀림없사옵니까?"

천자가 최일귀의 머리를 보고 크게 분노해 도마 위에 올려놓고 점점
이 오리면서 유 원수를 치하했다.

신장(神將) 신령한 군사를 거느리는 장수.

"짐이 현명하지 못해 이놈의 말을 듣고 경의 부친을 성문 밖으로 내쫓았는데, 이놈이 나를 속이고 만 리 밖 연경으로 보냈도다. 이제는 설욕했으니 경의 은혜는 살을 베어 봉양한다 해도 부족하도다. 백골이 썩어 흙이 되어도 그 은혜를 어찌 다 갚으리오? 황태후는 어디 가시어 이놈 고기 맛볼 줄을 모르는가?"

유 원수의 손을 잡고 백 번이나 치하하니, 유 원수가 더욱 감격해 머리를 숙여 인사 드리고 물러 나왔다. 중군장 조정만도 즐거움을 이기지 못하고 지휘대 아래로 내려가 백배 치하하며 즐거워했다.

정한담은 최일귀의 죽음을 보고 분한 마음이 치밀어 올라 벽력같은 소리를 천둥같이 지르더니 긴 창과 큰 칼을 잡아 쥐고 앞으로 오백 보를 솟구쳐 뛰어나갔다. 신장을 불러 좌우에 거느리고 둔갑술로 몸을 숨기더니 호통을 치며 유 원수를 불렀다.

"충렬아! 가지 말고 네 목을 빨리 바쳐라."

유 원수가 한담이 나오는 것을 보고 매우 기뻐하며 나올 때, 천자가 유 원수에게 당부했다.

"한담은 일귀나 마룡과 다르다. 천신의 술법을 배워 만 명의 사람들도 당해 낼 수 없는 힘이 있으며, 그가 일으키는 변화는 헤아릴 수 없으니 각별히 조심하라."

유 원수가 크게 웃고 진영 앞으로 나가서 정한담을 바라보니, 키가 십여 척에다가 얼굴이 웅장했다. 황금 투구를 쓰고 푸른 도포를 구름처럼 드리워 입고 조화를 부리니, 하늘나라 익성의 정신을 가슴속에 품은 명장이요, 역적이 될 만한 인물이었다. 유 원수가 기운을 가다듬고 《신화경》을 잠깐 펼쳐 익성의 정신을 쇠약하게 하고, 장성검을 다시 닦아 찬란한 광채가 나게 한 다음에 변화를 부려 몸을 숨기고 정한담에게 호통을 쳤다.

"네놈은 명나라 정종옥의 자식 정한담이 아니냐? 대대로 명나라에서 벼슬하고 어진 임금을 섬기다가 무엇이 부족하여 충신을 다 죽이고 부모의 나라를 치려 하느냐? 비단 천하의 사람뿐 아니라 지하의 귀신들도 너를 잡아 천자 앞에 드리고자 할 것이니, 너 같은 만고의 역적이 어찌 살기를 바라겠느냐? 네놈을 사로잡아 그간의 죄목을 따진 뒤에 너의 살은 포로 떠서 종묘에 제사하고, 그 남은 고기는 받아다가 우리 부친 충혼당에 제사를 지내리라! 빨리 나와 나를 보라!"

정한담이 분노해 말을 타고 나오거늘, 유 원수가 한담을 맞아 싸웠다. 칼로 치게 되면 시작과 동시에 죽일 것이지만 사로잡을 생각에 장성검을 높이 들어 한담을 치려고 했다. 갑자기 정한담은 간데없고 채색 구름이 뭉게뭉게 일어나더니 유 원수의 장성검이 빛을 잃으면서 펴 있던 칼이 도로 사그러들었다. 유 원수가 크게 놀라서 급히 물러 나와 재빨리 《신화경》을 펴서 일 편을 외운 뒤에 장성검을 세 번 치며 바람의 신을 급히 불러 채색 구름을 쓸어 버렸다. 그리고 조화를 부려 적진을 살펴보니, 정한담이 변신하여 채색 구름에 싸여 십 척 장검을 번득이며 유 원수를 따르고 있었다. 유 원수가 그제서야,

'한담은 천신이라. 산 채로 잡으려 하다가는 도리어 화를 당하리라.'
하고 깨닫고 다시 싸우러 나갔다. 진 앞에는 안개가 자욱한데 장성검이 번개 되어 공중에서 빛나며 정한담을 치려고 했으나 한담의 몸에

칼이 가까이 가질 못했다. 적진을 향해 뒤로 돌아 들어가 진중을 헤칠 듯하니, 정한담이 유 원수를 따라잡으려고 급히 말 머리를 돌리는데 번개가 번쩍하며 정한담이 탄 말이 땅에 거꾸러졌다. 유 원수가 급히 칼을 들어 정한담의 목을 치니 목은 맞지 않고 투구만 깨어졌다. 적진에서 정한담의 투구가 깨어지는 것을 보고 크게 놀라 급히 꽹과리를 쳐서 싸움을 거두었다. 정한담이 기운이 다해 거의 죽게 되었다가 꽹과리 소리를 듣고 본진으로 돌아왔으나 정신을 놓은 채 기운을 차리지 못했다. 좌우에 있던 군사들이 돌보니 겨우 정신을 차려 앉으며 도사에게 말했다.

"선생은 어찌 알고 소장을 불렀나이까?"

"적장의 칼끝에 장군의 투구가 깨어지기에 매우 위태로워서 불렀소이다."

정한담이 크게 놀라 머리를 만져 보니 투구가 없어 더욱 놀라며 말했다.

"적장은 분명히 천신이요 사람이 아닙니다. 십 년을 공부하여 사람은 물론 귀신도 헤아리지 못하는 술법을 배웠는데, 마룡과 최일귀가 죽는 것을 보고 조심하여 십 년 배운 술법을 오늘 다 써서 적장을 잡으려 했습니다. 그러나 잡기는커녕 도리어 기운이 다해 거의 죽게 되었는데, 하늘의 도움으로 선생의 힘을 입어 목숨은 구했습니다. 아무리 생각해 보아도 힘으로는 잡을 수 없으니, 선생은 잡을 방법을 깊이 생각하옵소서."

도사가 이 말을 듣고는 간담이 서늘해 깊이 생각하다가 군중에 명령해 진문을 굳게 닫고 정한담을 불러 말했다.

"적장은 사람의 힘으로 잡지 못할 것입니다. 병장기를 모아 여차여차하였다가 적장을 유인하여 진중에 들어오면 제가 비록 천신이라도 피할 길이 없으리라."

정한담이 매우 기뻐하며 도사의 말대로 약속을 정했다.

정한담은 며칠이 지난 뒤에 갑옷과 투구를 갖추고 진문에 나서면서 유 원수를 불러 말했다.

"네가 한갓 혈기만 믿고 우리를 대적하니, 나이 어리나 두려워할 만하다. 빨리 나와 승부를 가리자."

유 원수는 의기양양해 적진 앞을 마음대로 다니다가 정한담이 부르는 소리를 듣고는 고함을 치며 나가 맞섰다. 겨우 한 번을 겨루지 않아서 정한담을 거의 잡게 되었는데, 적진에서 또 꽹과리를 쳐 싸움을 거두었다. 유 원수가 승기를 잡고 계속 뒤쫓아서 곧바로 적진의 선봉을 헤치고 달려들었다. 갑자기 지휘대에서 북소리가 나며 난데없는 안개가 사방에 가득했다. 적장은 간데없고 음산한 바람이 스산하게 불어오고 차가운 눈발이 어지러이 날려 한 치 앞도 분간할 수가 없었다. 가련하다, 유충렬이 적장의 꾐에 빠졌으니 목숨을 부지하기 어렵겠구나. 유 원수가 크게 놀라 《신화경》을 펴 놓고 둔갑술을 부려 몸을 감추고 진중을 살펴보니, 토굴을 깊이 파고 그 가운데 긴 창과 칼날을 촘촘히 꽂아 놓고 사해의 신장이 늘어서서 독한 안개와 모진 돌가루를 사방으로 뿌려 대는 가운데, 항복하라는 함성 소리가 천지를 진동했다.

유 원수가 그제야 간사한 꾀에 빠진 줄 알고 《신화경》을 다시 펼쳐 신장을 불러내어 호령하고, 바람의 신을 불러 구름 안개를 쓸어 버렸다. 하늘이 맑게 개며 햇빛이 일광주를 비추고 장성검은 번개 되니 적진이 요란했다. 적진을 살펴보니 무수한 군졸이 매복해 백만 겹으로 에워싸고 있고, 지휘대에서는 북을 치며 군사들에게 싸움을 재촉하고 있었다. 유 원수가 분노해 일광주와 용린갑을 다시 매만진 뒤에 천사마를 채찍질하며 좌우의 진중에 호통치면서 좌충우돌했다. 유 원수의 호통 소리가 지나는 곳에 번갯불이 일어나며 번갯불 일어나는 곳에 뇌성벽력이 진동하니, 군사들은 넋을 잃고 모든 장수는 귀가 먹고 눈이 어두워 자기 군사들도 알아보지 못했다. 저희끼리 서로 밟혀 혼돈스러울 때, 장성검은 동쪽 하늘에 번쩍하며 오랑캐가 쓰러지고, 서쪽 하늘에 번쩍하며 앞뒤의 군사들을 다 죽였다. 가을바람에 떨어지는 낙엽 보는 듯하고, 냇가에 흐르는 물은 모두 핏물이다. 유 원수가 선봉과 중군을 다 헤치고 적진 지휘대로 달려드니, 정한담은 칼을 들고 지휘대 위에 서 있었다. 유 원수는 크게 호통을 치며 장성검을 높이 들어 단칼에 베어 들고 후군으로 달려들었다.

이때 황후와 태후가 적진에 잡혀 토굴 속에 갇혀 있다가 소리를 질렀다.

"저기 가는 저 장수여, 혹시 명나라 장수거든 우리 고부를 좀 살려주소!"

유 원수가 적진을 헤집다가 토굴 속에서 슬픈 소리가 나자 천사마를 몰아 급히 가서 보고 말에서 내려 말했다.

"소장은 동성문 안에 살던 유심의 아들 충렬이옵니다. 아비의 원수를 갚으려고 천 리를 멀다 않고 달려와서 정문걸을 한칼에 베고, 최일귀와 마룡을 죽인 뒤에 정한담의 목을 베러 이곳에 왔사오니 소장과 함께 본진으로 가옵소서."

황후와 태후가 이 말을 듣고 토굴 밖으로 나와 유 원수의 손을 잡고 치하했다.

"그대가 분명 유 주부의 아들인가? 어디에 가 장성하여 이런 명장이 되었는가? 그대 부친은 어디 있느뇨? 장군의 힘을 입어 우리 고부가 살아나서 백발이 성성한 이내 몸이 천자를 다시 보고, 고운 얼굴의 내 며느리도 천자를 다시 보게 되었도다. 그 공로와 이 은혜는 태산이 무너져서 평지가 되어도 잊을 수 없고, 천지가 변하여 푸른 바다가 될지라도 잊을 수 없도다. 머리카락을 베어 신을 삼고 혀를 빼어 창을 받아 백 년 삼만육천 일을 날마다 이고 다닐지라도 그 공로를 어찌 다 갚을까? 본진으로 돌아가서 내 아들을 어서 보세나."

유 원수가 절하여 사례하고 황태후를 모시고 본진으로 돌아와 정한담의 목을 내어 천자 앞에 바치려고 칼끝을 빼어 보니, 놈은 간데없고 허수아비의 목을 베어 왔다. 유 원수가 분노해 다시 싸움을 돋우었다.

이에 앞서 천자가 싸움을 구경하는데, 유 원수가 적진으로 달려들자 사방에 안개가 자욱하고 적진 복병이 벌 일듯 해 빈틈없이 둘러쌌다. 북소리, 나팔 소리와 함성이 천지를 진동하는데, 유 원수의 칼에서 발하는 빛은 보이지 않았다. 천자가 크게 놀라 낯빛이 변해 발을 구르며 땅에 엎어져 통곡했다.

"이제는 죽었구나! 하늘의 도움으로 충렬을 얻었더니 이제는 죽었도다! 불쌍한 이내 팔자 살아 무엇하리. 하늘과 땅의 신령께서는 이런 사정을 살피시어 유충렬을 살려 주소서!"

이렇듯이 슬피 울고 있는데, 뜻밖에 적진 중에 안개가 걷히면서 벽력 같은 소리가 나더니 장성검이 번개 되어 적진 억만 병을 순식간에 쓰러뜨렸다. 무인지경이 된 적진에서 한 대장이 진문 밖으로 나서며 황후와 태후를 모시고 본진으로 돌아왔다. 천자와 태자는 버선발로 달려나가 천자는 유 원수의 손을 잡고, 태자는 태후의 손을 잡고 한데 어우러지니, 즐거운 마음은 헤아릴 길 없었다. 울음 절반, 웃음 절반 두 가지가 섞여서, 천자는 옥새를 목에 걸고 항서를 손에 들고 항복하러 나오다가 뜻밖에 충렬을 얻어 살아난 말을 하고, 황태후는 적진에 잡혀가 토굴 속에 갇혔다가 뜻밖에 유 원수를 만나 살아온 말을 하니, 군사들도 즐거워 서로 치하했다.

이때 정한담이 도사의 꾀를 듣고 적장을 유인해 함정에 넣었으나, 죽기는 고사하고 삼군 억만 병을 한칼에 무찌르고 지휘대에 달려들어 자신의 혼백을 붙인 허수아비를 베고, 후군을 짓치다가 황태후를 데려가는 모습을 보고 넋을 잃어 도사에게 여쭈었다.

"충렬은 분명 천신이라. 이제는 어떤 꾀를 써도 해결할 방법이 없으니 어찌해야 하오리까?"

도사가 크게 놀라고 망극해 어찌할 줄 모르다가 한 꾀를 생각해 정한담에게 말했다.

"적장 유충렬은 몇 년 전에 연경으로 귀양 간 유심의 아들이라 합니다. 이제 급히 군사를 재촉하여 유심을 잡아다가 진중에 가두고 죽이려 하면, 제아무리 충신이라도 임금만 생각하고 제 아비를 생각하지 아니하겠습니까?"

정한담이 이 말을 듣고 매우 기뻐서 날랜 군사 십여 명을 뽑아 유주부를 빨리 잡아들이라 분부했다.

* **무인지경**(無人之境) 사람이 살고 있지 않는 외진 곳.

위풍당당한 장수의 차림은?

유충렬과 함께 지내던 백룡사의 노승이 하루는 하늘의 기운을 보더니, 충렬이 출전할 때가 왔음을 알려 줍니다. 그러고는 충렬의 어머니 장 부인이 전해 준 옥함을 충렬에게 내놓습니다. 충렬이 옥함을 열어 보니, 그 안에는 갑옷과 투구 한 벌과 긴 칼 하나와 책 한 권이 들어 있습니다. 장수로서 갖추어야 할 의복과 무기를 얻은 것이지요. 조선 시대 장수들은 어떤 복장을 하고, 어떤 무기를 들고 전쟁터에 나갔을까요?

도(刀)

도는 한쪽에만 날이 있는 칼로, 약간 곡선의 형태를 띠고 있다. 그래서 잘 베어지고 그 베어진 부위가 넓게 나타난다. 동양에서는 대부분 도를 사용했다. 도 하면 흔히 일본도를 떠올리지만, 일본도는 백제의 영향을 받아 발달한 것이다. 칼이 발달한 것은 바로 민첩하고 빠르게 움직일 수 있는 기동성에 맞추기 위해서였다. 찌르기는 한번 찌르기를 한 뒤, 다음 동작을 취하기까지 일정 정도 시간이 걸리지만, 베기는 다음 동작까지 이어지는 자세가 빠르고 연속적으로 이어져 전쟁터에서 상당한 효과를 볼 수 있다.

검(劍)

검은 양쪽에 날이 있는 찌르기 용으로 만든 칼로, 동양보다는 서양에서 발달했다. 가까운 거리에서는 베기보다 찌르기가 더 효과적이고 신속하게 대응할 수 있기 때문에 왕이나 지위가 높은 사람들을 호위하는 병사들이 주로 사용했다. 찌르기용의 다른 병장기로 사용된 것이 창이다. 창끝과 검의 끝 모양은 같다. 서양은 방패가 발달하고 창을 많이 사용한 관계로 검이 더 발달했다. 우리나라 검의 종류로는 인검, 삼인검, 운검, 별운검, 칠성검, 창포검 등이 있다. 특히, 별운검은 도의 형태를 띠면서도 끝이 더 가늘고 뾰족하며, 검과 도의 혼합 형태여서 임금을 호위하는 무사들이 사용했다.

투구

투구는 적의 무기로부터 머리를 보호하기 위해 썼던 모자다. 우리나라에서 투구는 선사 시대부터 사용되었을 것으로 추정하지만, 현재까지 남아 있는 투구 유물은 삼국 시대의 것이다. 고려 시대의 투구 형태에 대해서는 참고할 만한 자료는 없으나 《고려도경》에 고려군은 평소에 투구를 머리에 쓰지 않고 등에 메고 다녔다는 기록이 있는 점으로 보아 투구가 있었음을 알 수 있다. 조선 시대에도 일반 병사들이 철제 투구를 착용했는데, 임진왜란 때 왜군을 따라 조선에 들어왔던 포르투갈 신부는 조선군이 철제 투구와 가죽제 가슴받이를 착용했다고 기록하고 있다. 조선 후기에는 투구의 정수리 부분에 높은 간주가 달려 있고, 투구의 좌우에 드림이 달려 있는 간주형 투구가 일반적이었다.

갑옷

갑옷은 전쟁에서 화살이나 창검을 막기 위해 쇠나 가죽의 비늘을 붙여서 만든 옷이다. 우리나라 갑옷은 청동기 시대에 가죽제 단갑과 뼈, 나뭇조각으로 만든 갑옷이 처음 등장했다. 고려 시대에는 고유한 갑옷 양식인 두루마기형 갑옷, 즉 포형(袍型) 갑옷이 선보였다. 조선 초기에는 고려 시대의 두루마기형 철제 찰갑이 큰 변화 없이 사용되었다. 이 두루마기형 갑옷은 전체가 한 벌로 구성되어 있고, 앞쪽은 열려 있어서 이를 가죽끈으로 묶었다.

정한담이 유심을 이용해 유충렬을 잡으려 하다

각설, 유심은 북방의 몹시 추운 곳에서 수년 동안을 고생했더니 그 모습이 보잘것없어졌다. 남경에 난리가 났다는 말을 듣고 밤낮으로 근심하며, 행여 천자가 죽을까 염려해 길고 긴 겨울밤 내내 촛불만 돋우어 켜고 두 손을 모아 빌었다.

"밝은 하늘이 감동하사 우리 천자를 살려 주소서. 내 아들 충렬이 살았거든 남경을 구하고 제 아비의 원수를 갚게 하소서."

이렇듯이 정성을 드리고 있는데 뜻밖에 한 떼의 군사가 달려들어 유심을 잡아내 수레 위에 높이 싣고 머나먼 길을 재촉해 갔다.

유심이 정신이 없어 일이 돌아가는 사정을 모르다가 겨우 정신을 차려 생각했다.

'이제는 어쩔 수 없이 죽었구나. 우리 천자가 싸움에서 이겼다면 나를 잡아 오라 할 리 없다. 분명 정한담이 역적이 되어 천자를 죽이고 나도 또한 죽이려고 잡아가는구나. 해와 달도 무심하고 형산의 신령도 못 믿겠다. 내 아들 충렬이도 정녕 죽었구나. 살았으면 어디 가서 아비 원수 못 갚는가.'

이렇듯이 슬피 우니 군사들도 눈물을 흘렸다.

여러 날 만에 적진에 도달하니, 정한담이 곤룡포를 단정히 입고 백관을 거느리고 용상에 앉아 있었다. 유심을 잡아다가 계단 아래에 엎드리게 하고 달래며 말했다.

"그대 마음이 하도 고집스럽기에 만 리 밖 연경으로 보냈도다. 수년 동안 고생하니 내 마음도 불안하였도다. 이제는 짐이 천자가 되어 모든 신하를 거느리게 되었는데, 그대 아들이 아직 세상 물정을 몰라 천자의 위엄을 모르고 죽은 명나라 천자를 살리려고 우리 군사를 해치고 있도다. 그 죄를 따진다면 진작 죽일 것이지만 그대를 생각하여 아직 살려 두었더니 끝내 항복하지 않기에 그대를 데려온 것이다. 자식에게 편지하여 부자가 함께 만나 나를 도우면, 원하는 대로 높은 벼슬을 줄 것이니 부디 사양하지 말라."

유심이 이 말을 듣고 분한 마음이 치밀어 올라 눈을 부릅뜨고 쪼그려 앉으며 말했다.

"네 이놈, 정한담아! 천지가 무섭지 않고 해와 달도 두렵지 않느냐?

● **곤룡포**(袞龍袍) 임금이 입던 정복. 누런빛이나 붉은빛의 비단으로 지었으며, 가슴과 등과 어깨에 용의 무늬를 수놓았다.

나는 자식도 없고, 혹 자식이 있다 한들 우리 천자를 모시고 너 같은
역적 놈을 죽이려 하는데, 그 아비가 무슨 일로 임금을 저버리고 역
적을 도우라 하겠느냐? 내 자식은 물론 광대한 이 세상에 삼척동자도
네 고기를 먹고 싶어 한다. 하물며 내 아들은 남경을 도우라고 옥황상
제께서 세상에 내셨으니, 만고역적인 너 같은 놈을 섬길 것 같으냐?"

　이렇듯이 노기등등해 무섭게 꾸짖으니, 정한담이 크게 화가 나 유
심을 잡아내어 군중에서 목을 베라고 했다. 곁에 있던 군사들이 칼과
창을 번득이며 벌떼같이 달려들어 유심을 잡아내니, 도사가 정한담을
말려 말했다.

　"그대 어찌 경솔하게 행동하십니까? 유심의 관상을 보니 왕후가 될
　　기상이 뚜렷한데 함부로 죽일 수 있겠습니까? 만일 죽
　　　였다가는 큰 화가 닥칠 것이니 분한 마음을
　　　　참으소서."

　　　　　정한담이 분한 마음을 이기지 못해
　　　　　유심을 살아서는 돌아오지 못할

곳으로 다시 귀양 보냈다. 그리고 유심의 편지를 거짓으로 만들어 무사로 하여금 활로 쏘아 명나라 진중에 보내 유 원수가 보게 했다. 유원수가 지휘대에 앉아 있는데 난데없는 화살 하나가 진중에 떨어졌다. 급히 주워 보니 화살 끝에 편지 한 장이 매달려 있었다. 끌러 보니 다음과 같이 쓰여 있었다.

연경에 귀양 가 있는 유 주부는 불효자 충렬에게 한 장 편지를 부치니 급히 받아 보아라.

오호라! 너의 부모 나이가 인생의 반이 넘도록 자식 하나 없다가 남악산에 가서 제사하고 너를 늦게야 낳아 영화를 보려고 했더니, 내 팔자가 기구하여 천자께 죄를 짓고 만 리 밖 연경에 귀양 가서 죽을 지경에 이르렀는데도 아비를 찾지 아니하는구나. 자식이 부모를 찾는 것은 당연한 천륜인데, 네가 몸이 장성해 망한 나라를 섬기려 새 나라를 침략하니, 새 천자께서 네 아비를 잡아다가 너같이 몹쓸 자식을 두었다 하시고 도마 위에 올려놓고 죽이려 하니 이 아니 망극한 일이냐. 세상 사람들이 자식을 낳으면 좋다고 하는 말은 자식의 덕으로 영화를 볼 수 있기에 하는 말인데, 나는 무슨 죄로 영화를 보기는커녕 백발이 성성한 파리한 목에 창검이 웬일이냐. 피골이 상접한 늙은이가 수족이 찢어지는 형벌을 어찌 견디겠느냐. 네가 나의 자식이 분명하거든 빨리 항복하여 우리 부자가 상봉하여 만종록을 받게 하라. 만일 내 말을 듣지 아니하면 죽은 혼이라도 자식이라 아니하고 모진 귀신이 되어 네 몸을 해칠 것이라. 할 말은 끝이 없으나 목숨이 경각에 달려 있기에 다급하여 이만 그치노라.

유 원수가 편지를 보고 정신이 아득하여 가슴이 꽉 막혔다. 어찌 할 바를 모르더니 겨우 진정해 천자께 가 그 편지를 드리며 아뢰었다.

"폐하! 이 글을 보옵소서. 폐하께서 예전에 소신 아비의 필적을 보았을 것입니다. 이것이 분명 제 아비의 필적이옵니까?"

천자와 태자가 그 편지를 다 본 뒤에 손벽을 치고 크게 웃으며 유 원수를 위로했다.

"그대의 부친은 죽은 지 오래되었도다. 살아 있다 해도 글씨를 보니 지금껏 본 일이 없는 필적이도다. 설령 살아 있을지라도 이런 말을 어떻게 했겠는가? 장군은 염려 말고 정한담을 사로잡아 그 곡절을 물어보면 내 말이 옳다고 하리라."

유 원수가 물러 나와 생각하기를,

'예전에 강 승상을 만날 때 멱라수 회사정에 부친이 빠져 죽은 표적이 있었으니 부친이 돌아가신 것은 분명하다. 그런데 지금 어찌 적진에 들어가 편지를 부쳤으리오? 그러나 내 마음이 심란하다. 적진을 쳐 깨뜨리고 한담을 사로잡아 이 일을 알아보리라.'

하고 수염을 곧추세우고 봉의 눈을 부릅뜨며, 일광주를 다시 쓰고 용린갑을 죄어 입고 대장검을 높이 들며 《신화경》을 손에 들고 천사마를 급히 몰아 적진 앞으로 나서며 정한담을 큰 소리로 불러 말했다.

"네 이놈! 간사한 꾀를 내어 나를 항복시키고자 하나 내가 어찌 모르겠느냐? 빨리 나와 죽어 보아라!"

● 만종록(萬鍾祿) 아주 많은 녹봉.
● 경각(頃刻) 눈 깜빡할 사이. 또는 아주 짧은 시간.

정한담이 겁에 질려 선
봉만을 남겨 둔 채 도성으로 들어가
문을 굳게 닫고 나오지 않았다. 유 원수가 적진으로 달려
가 장성검을 휘두르며 적진 선봉을 씨도 없이 다 죽이고 도성 문에 이
르니 사대문이 모두 닫혀 있었다.

다시 호통 치고 장성검을 번득이며 철편으로 문을 치니, 문이 조각
조각 깨져 한겨울 찬바람에 흰 눈이 흩날리듯 했다. 순식간에 달려들
어 궐문 밖에 진을 친 군사들을 단칼에 무찌르고 정한담을 찾아 빠

르게 궐문 안으로 들어갔다.

정한담은 유 원수가 도성으로 들어왔다는 말을 듣고 황급히 북문으로 도망해 도사를 데리고 호산대에 높이 올라 화를 피했다. 유 원수는 도성에 들어가 정한담의 식구들과 그의 삼족을 다 붙잡아 본진으로 보냈다. 그리고 조정에 가득한 모든 관리를 호령해 천자의 수레를 갖추어 본진으로 돌아가 천자를 궁궐로 모셨다. 궁궐로 돌아온 뒤 정한담의 식구들에게 낱낱이 죄를 물어 씨도 없이 베고, 조정만에게 단단히 일러 본진을 지키게 하고, 예전에 살던 집터에 가 보니 웅장했던 집이 빈터만 남아 있었다.

유 원수가 슬픈 마음을 진정하고 궐문을 향해 돌아서려는데 부모님 생각을 억누르지 못하고 눈물을 흘리니, 눈물에 가려 나가는 길이 캄캄했다. 유 원수는 갑옷과 투구를 벗어 땅에 놓고 가슴을 두드리며 큰 소리로 통곡했다.

"옛날 은나라의 기자도 나라가 망한 뒤에 옛터를 지나다가 궁궐이 무너져서 쑥대밭이 된 것을 보고 〈맥수가〉를 지어 옛일을 생각했다고 하더니, 이제 유충렬은 물에서 부모를 잃고 길가에서 구걸하며 다니다가 몸이 장성하여 살던 터를 다시 보니 대장부 한숨이 절로 난다.

우리 부모는 어디 가시고 이런 줄을 모르시는가. 뽕나무 밭이 푸른 바다로 변한다는 말을 곧이 듣지 않았더니, 내 일을 생각하니 백 년의 인생은 풀 위에 맺힌 이슬 같고 만 년의 세월도 흐르는 물과 같도다. 부귀영화를 보겠다고 부디 다른 사람을 업신여기지 말고 제 복이 있어 잘산다고 일가친척을 괄시 마소. 괴로움이 다하면 즐거움이 생기고 흥겨움이 다하면 슬픔이 오는 것은 옛날이나 지금이나 늘상 있는 일이로세. 양지가 음지 되고 음지가 양지 되는 줄을 그 누가 알아보리. 권세가 좋고 귀하다고 천만 년을 믿지 마소."

이렇듯이 눈물 흘리고 도성으로 돌아오니 천자 앞에 늘어선 수많은 신하 가운데 충신은 다 죽고 남아 있는 자는 정한담 같은 간신뿐이다. 낱낱이 잡아내어 죄가 가벼운지 무거운지를 따져서 죄가 무거운 놈은 황성 거리에서 처형한 뒤 정한담을 찾으라고 군사들에게 명령했다.

정한담이 호산대에서 도사와 의논하는데, 도사가 한 꾀를 생각하고 말했다.

"이제는 온갖 꾀가 다 소용이 없게 되었습니다. 몇몇 남은 군사를 남만과 서번, 호국에 보내 패전한 사실을 전하고 구원병을 청하여 다시 한 번 싸운 뒤에 일이 제대로 되지 않으면 목숨만 도망하였다가 뒷일을 도모하는 것이 어떻겠습니까?"

정한담이 매우 기뻐하며 공문을 써서 급히 다섯 나라에 보냈다. 이때 다섯 나라의 군왕은 각기 장수를 보내어 승전하기를 밤낮으로 기다리더니 뜻밖에 패군한 소식이 오자 모두 분노해 서천 36도의 군장을 비롯하여 가달, 토번 왕과 호국 대왕이 정예 병사 팔십만과 용맹한 장수 천여 명을 선발했다. 그런 다음 신기한 도사를 좌우에 앉혀 형세를 살피게 하고, 각각의 군왕은 중군이 되어 천하의 명장을 가려 뽑아 선봉장으로 삼은 뒤 행군을 재촉해 달려오니 그 웅장한 거동은 한 입으로 말하기가 어려웠다.

정한담이 구원병이 오는 것을 보고 기운이 나서 도사와 함께 호왕을 찾아뵙고 그간의 일을 낱낱이 아뢰었다. 호왕 등이 정문걸과 마룡이 죽었다는 말을 듣고 간담이 서늘해 맞붙어 싸울 마음이 없었으나, 한갓 분한 마음을 이기지 못해 정한담과 같이 호산대에 진을 치고 격서를 남경으로 보냈다.

유 원수는 도성 안에 들어가 있고 조정만은 금산성 아래에 진을 치고 있었는데, 뜻밖에 조정만이 장계를 올렸다.

다섯 나라의 군왕들이 패군했다는 말을 듣고 각각 중군이 되어 오는 중에 정한담과 옥관 도사도 힘을 합쳐 함께 격서를 보냈으니, 원수는 급히 와 적을 막으소서.

유 원수가 보고 크게 웃으며 말했다.

"정문걸과 마룡은 천하 명장이었어도 내 칼끝에 죽었는데, 하물며 다섯 나라의 오랑캐 군대쯤이랴. 비록 하늘로 오르고 땅으로 들어가는 재주를 가진 놈이 선봉이 되었다 하더라도 한갓 장성검에 피만 묻힐 따름이라. 폐하께서는 염려 마옵시고 소장의 칼끝에 적장의 머리가 떨어지는 구경이나 하옵소서."

즉시 갑옷과 투구를 갖추고 본진으로 돌아와 군사들을 단단히 단속하고 적진에 글을 보내 싸움을 돋웠다. 이때 정한담이 한 꾀를 내어 다섯 나라 군왕에게 말했다.

"소장이 육관 도사에게 십 년을 공부하여 재주가 무궁하오니, 구척 장검 칼머리로 강산도 무너뜨리고 하해도 뒤덮을 수 있습니다. 명나라 도원수인 유충렬은 천신이요 사람이 아니옵니다. 이제 대왕이 억만 병을 거느려 왔으나 충렬을 잡기는 고사하고 그와 싸울 장수조차 없으니 만일 싸우다가는 우리 군사가 다 죽을 것이요, 대왕의 귀중한 목숨도 보존하기 어려울 것입니다. 오늘 밤 삼경에 군사를 나누어 금산성을 치게 되면 충렬이 분명히 구하러 올 것입니다. 그때를 틈타 소장이 도성에 들어가 천자에게 항복받고 옥새를 빼앗는다면, 제가 비록 천신이라 한들 제 임금이 죽었는데 무슨 명목으로 싸우겠습니까? 대왕의 생각은 어떠하십니까?"

호왕이 크게 기뻐 정한담을 대장으로 삼고 천극한을 선봉장으로 삼아 약속을 정했다. 유 원수가 금산성 아래에서 적의 기세를 탐지하니, 적군이 깃발을 두르고 도성으로 갈 듯하므로 도성으로 들어갔다.

이날 밤 삼경에 정한담은 선봉장 천극한을 불러 군사 십만 명을 주어 금산성을 치라 명했다. 천극한이 명령을 받아 십만 명을 이끌고 금산성으로 달려들어 호통을 한 번 친 다음, 재빨리 군문을 헤치고 군중으로 들어갔다. 천극한이 좌우로 충돌하면서 군사를 짓쳐 들어가니, 명나라 군대는 뜻밖의 공격을 받고 어쩔 줄 몰라 했다.

유 원수가 도성에서 적의 형세를 탐지하고 있는데, 한 군사가 보고 했다.

"지금 도적이 금산성으로 쳐들어가 군사를 다 죽이고 중군장을 찾아 제멋대로 다니고 있으니 원수께서는 급히 가 구원하소서."

유 원수가 크게 놀라 나는 듯이 금산성으로 달려갔다. 벽력같이 소리치며 적진을 헤치고 중군에 들어가서 조정만을 구하여 지휘대에 앉히고, 홀로 적진에 달려들어 장성검으로 천극한의 머리를 베었다. 천사마가 달려가는 곳마다 가을에 낙엽지듯 십만 군병이 순식간에 없어졌다. 유 원수가 본진으로 돌아와 칼끝을 보니, 정한담은 없고 온통 못 보던 오랑캐뿐이었다.

• **하해(河海)** 큰 강과 바다를 아울러 이르는 말.

유충렬이 정한담을 사로잡다

정한담은 유 원수를 속이고 정예 병사를 뽑아 급히 도성으로 쳐들어 가니, 도성 안에는 군사가 없었다. 천자는 유 원수의 힘만 믿고 깊이 잠들었는데, 뜻밖에 수많은 적병이 성문을 깨뜨리고 궁궐 안으로 들어와서 함성을 질렀다.

"이봐라, 명나라 황제야! 어디로 가겠느냐? 바람개비라서 하늘로 날아오르겠느냐, 두더지라서 땅으로 들어가겠느냐? 네놈의 옥새를 빼앗으려고 하니, 너는 이제 어디로 가겠느냐? 빨리 나와 항복하라!"

이 소리에 궁궐이 무너지며 혼이 빠져나가는 듯했다. 천자는 넋을 잃고 용상에서 떨어져 옥새를 품에 안고 말 한 필 잡아타고 엎어지고 자빠지며 북문으로 도망해 변수 가에 다다랐다. 정한담이 궁궐 안으로 달려들어 천자를 찾았으나 간 데 없는데, 황후와 태후, 태자가 도망해 나오는 것을 보고 호령하면서 달려들어 황후를 잡아 궐문으로 나와 호왕에게 맡기고 북문으로 나갔다. 정한담은 천자가 도망하는 것을 보고 크게 기뻐 천둥 같은 소리를 지르고 순식간에 달려들어 구척 장검을 번쩍이며 내려치니, 천자가 탄 말이 백사장에 거꾸러졌다. 천자를 잡아내어 말 아래에 꿇게 하고 서리같이 날카로운 칼로 천자가 쓴 통천관을 깨어 던지며 호통을 쳤다.

"이봐라, 들어라! 하늘이 나 같은 영웅을 내실 때는 남경의 천자를 시키기 위함이라. 네가 어찌 천자를 바랄 수가 있느냐? 네 한 놈을 잡으려고 십 년을 공부하여 무궁한 변화를 일으키는 재주를 가지고 있으니, 네 어찌 순종하지 않고 조그마한 충렬을 얻어 나의 군사를 해치느냐? 너의 죄를 따지면 지금 당장 죽일 것이로되, 옥새를 바치고 항서를 써 올리면 죽이지는 않겠노라. 그렇지 않으면 네놈의 노모와 처자도 한칼에 죽이리라!"

천자가 어찌할 도리가 없어 말했다.

"항서를 쓰려고 해도 종이와 붓이 없다."

정한담이 분노해 창검을 번득이며 말했다.

"입고 있는 옷을 찢고 손가락을 깨물어서라도 항서를 쓰지 못할까?"

천자가 차마 그렇게 하지 못할 즈음이었다. 유 원수는 금산성에서 적군 십만 명을 한칼에 무찌르고 바로 호산대로 달려가 적의 구원병을 씨도 없이 없애고자 했다. 그때 뜻밖에 달빛이 희미해지며 난데없

• **통천관**(通天冠) 황제가 정무(政務)를 보거나 조칙을 내릴 때 쓰던 관.

는 빗방울이 유 원수의 얼굴에 떨어지니, 유 원수가 이상히 여겨 말을 잠깐 머무르고 하늘의 기운을 살폈다. 도성에 살기가 가득하고 천자의 자미성이 떨어져 변수 가에 비쳤다.

"이게 웬 변이냐?"

유 원수는 깜짝 놀라 갑옷과 투구에 창검을 갖추고 천사마 위에 재빨리 올라타서는 산호로 만든 채찍을 힘껏 휘두르며 말에게 단단히 일렀다.

"천사마야! 너의 용맹을 이런 때에 쓰지 않고 어디에 쓰겠느냐? 지금 천자께서 도적에게 잡혀 목숨이 경각에 달려 있으니, 순식간에 달려가 천자를 구원하라."

천사마는 본래 천상에서 타고 온 비룡이라. 채찍질을 하지 않고 단단히 이른 뒤에 제 가는 대로 두어도 순식간에 몇 천 리를 가는지 알지 못하는데, 하물며 제 주인이 단단히 부탁하고 산호 채로 채찍질하니 어찌 급히 가지 않겠는가. 눈 한 번 깜짝하는 사이에 황성 밖을 얼른 지나 변수 가에 다다랐다.

천자는 백사장에 엎어져 있고 정한담은 칼을 들고 천자를 치려고 했다. 이때 유 원수가 평생 동안의 기운과 힘을 다해 호통을 치니, 천사마도 평생의 용맹을 이때에 다 부리고, 변화 좋은 장성검도 그 조화를 이때에 다 부렸다. 유 원수가 닿는 곳마다 강산이 무너지고 하해도 뒤엎어지는 듯하니, 귀신인들 울지 않으며 혼백인들 울지 않겠는가. 유 원수는 혼신의 힘을 다해 벽력같이 소리쳤다.

"이놈, 정한담아! 우리 폐하를 해치지 말고 내 칼을 받아라!"

유 원수의 호통 소리에 나는 짐승도 떨어지고 강산을 다스리는 귀신도 넋을 잃었다. 정한담의 혼백인들 어디 가며 그의 간담인들 성할 수 있겠는가. 정한담은 두 눈이 캄캄하고 두 귀가 먹먹해 탔던 말을 둘러타고 도망하려다가 말이 거꾸러지며 백사장으로 떨어졌다. 정한담은 창검을 두 손에 갈라 들고 유 원수를 겨누고 서 있는데, 구만 리 구름 속에서 칼이 번쩍하더니 정한담의 긴 창과 큰 칼이 산산이 부서졌다. 유 원수가 달려들어 정한담의 목을 산 채로 잡아들고 말에서 내려 천자 앞으로 나아갔다. 천자는 백사장에 엎어져 반은 산 듯 반은 죽은 듯 기절해 누워 있었다. 유 원수가 천자를 붙잡아 앉히고 정신을 진정시킨 뒤에 엎려 아뢰었다.

"전하, 소장이 도적을 모두 죽이고 한담을 사로잡아 말에 달고 왔나이다."

천자가 정신이 없는 가운데 유 원수라는 말을 듣고 벌떡 일어나 보니, 유 원수가 땅에 엎드려 있거늘 달려들어 목을 안고 말했다.

"네가 분명 충렬이냐. 정한담은 어디 가고 네가 어찌 여기에 왔느냐. 내가 죽게 되었더니 네가 와서 살렸도다."

유 원수가 정한담을 사로잡은 일을 자세히 아뢴 뒤에 한담의 머리를 풀어 손에 감아 들고 도성으로 돌아왔다.

다섯 나라 군왕은 도성 안으로 들어왔다가 정한담이 사로잡혔다는 말을 듣고는 놀랍고도 두려워, 도성 안에 있던 온갖 보물과 예쁜 계집을 빼앗은 뒤 황후와 태후, 태자를 사로잡아 수레에 싣고 본국으로 돌아갔다.

천자가 유 원수를 붙들고 큰 소리로 통곡하며 말했다.

"이 몸이 하늘에 죄를 짓고 나라를 망하게 하였다가 충신인 그대를 얻어 회복하게 되었도다. 그러나 부모와 처자를 오랑캐 놈에게 보내고 나 혼자 살아서 무엇하겠는가. 천하를 그대에게 전하니 그리 알라. 과인은 이제 죽어 혼백이나마 호국에 들어가 모친을 만나 보게 된다면 구천에 들어가도 남은 한이 없으리라."

이렇게 말하고 대궐 안에 있는 백화담에 빠져 죽고자 하거늘, 유 원수가 붙들어 용상에 앉히고 아뢰었다.

"소신이 충성이 부족하여 이 지경이 되었으나 이때를 당하여 신하 된 도리로 호국을 가만히 둘 수 있겠습니까? 소신이 재주 없으나 호국에 들어가 오랑캐 종족을 몰살하고 황태후를 편히 모시고 돌아오겠습니다."

천자가 유 원수의 손을 잡고 눈물을 흘리며 당부했다.

"경이 충성을 다하여 호국을 쳐서 멸망시키고 과인의 노모와 처자를 다시 보게 해 준다면 내 살을 베어 주어도 아깝지 아니할 것이오."

유 원수가 엎드려 절하고 나와 정한담을 끌어내 계단 아래에 엎드리게 하고, 좌우의 나졸들에게 호령해 온갖 형틀을 갖추게 한 뒤 그동안의 죄목을 낱낱이 물었다.

"이놈, 들어라! 네가 스스로 새로운 천자라 칭하고 나에게 하늘의 뜻을 모른다고 하더니 어찌 두 팔을 잃고 내게 잡혀 왔느냐?"

정한담이 부끄러워 아무 말도 못했다.

"네 자칭 십 년을 공부하여 천자가 되고자 하더니 어떤 놈에게 공부하여 역적이 되었느냐?"

"소인이 불행하여 도사 놈의 말을 듣고 이 지경이 되었으니 아뢸 말씀이 없나이다."

"도사 놈은 어디 갔는가?"

"소인이 변수 가에 갔을 때에 호국으로 들어간 듯하나이다."

"네놈은 나와 함께 한 하늘 아래에서 살 수 없는 원수로다. 진작에 죽였을 것이지만 내 부친의 생사를 알고자 하여 살려 두었으니 바른 대로 아뢰어라."

"소인이 도사의 말을 듣고 정언 주부를 모함하여 연경으로 귀양 보냈다가 며칠 전에 다시 잡아다가 항복을 받고자 하였습니다. 그러나 끝내 말을 듣지 아니하기에 다시 호국 포판으로 귀양 보냈으니, 그사이에 생사는 모르나이다."

유 원수가 이 말을 듣고 통곡하며 물었다.

"강희주는 죽었느냐, 살았느냐?"

"강 승상도 모함하여 옥문관으로 귀양 보내고, 그 집 식구들은 잡아 오던 중에 도망하여 영릉 땅 청수에 빠져 죽었다고 합니다."

유 원수는 어머님이 회수에서 봉변을 당한 일이 정한담이 한 짓인 줄 모르고, 강 낭자가 죽은 일만 원통하게 여겨 한담을 단칼에 베고자 했다. 그러나 아버지를 만난 뒤에 죽이리라 생각하고 형틀을 갖추어 결박한 뒤 감옥에 가두었다. 그런 뒤에 갑옷과 투구에 장검을 갖추어 천자께 하직하고 나오려 하니, 천자가 계단 아래로 내려와 손을 잡고 눈물을 흘리며 말했다.

"짐의 손발 같은 그대를 만리타국에 보내고 마음이 어떠하겠는가? 부디 충성을 다하여 모친과 자식을 살려 돌아오라. 만일 그사이에 변란이 생긴다면 누구를 의지해 살아날까?"

십 리 밖까지 나와 전송하며 수없이 당부하니, 유 원수는 명령을 받고 홀로 만리타국으로 들어갔다.

호왕은 자기 나라로 돌아가면서 후환이 있을까 하여 각 도와 각 관문에 공문을 보내, 호국으로 들어오는 길에 인가를 없애고 강마다 배를 없애 사람이 통과하지 못하게 했다. 유 원수는 전쟁터에서 음식을 전혀 먹지 못한 날이 많은 등 고생을 한 데다가, 아버지의 소식이 궁금해 잠을 자지도 못하던 차에 호국 수만 리를 주점도 들르지 못하고 지나와 기운이 떨어졌다. 호국으로 가는 길이 너무나 피곤해 유주에 도달하자 유주 자사를 잡아내 죄를 물었다.

"네 이놈, 대대로 벼슬을 한 신하로 나라가 불안한데 네 몸만 생각하고 나랏일은 돌보지 아니하며, 또한 정한담의 말을 듣고 유 주부를 네 고을로 귀양 보냈다고 하는데 지금 어디 계시느냐?"

유주 자사가 겁을 먹고 사죄하며 말했다.

"소인도 벼슬하는 신하로서 어찌 나랏일에 무심하오리까? 호국 군사가 남경으로 가는 길에 소인의 고을에 달려들어 군사와 양식을 빼앗고 소인을 죽이려 하기에 도망하여 목숨만 살아났습니다. 본래 재주 없고 맨손에 혼자의 몸이라 나라의 일이 어찌 된 줄을 몰랐습니다. 며칠 전에 소식을 들으니, 호국 군대가 싸움에 이겨 황후와 태후, 태자를 사로잡아 간다고 하기에 황망해 하던 차에 장군이 오셨습니다. 황송하오나 누구신데 무슨 일로 유 주부를 찾나이까?"

유 원수가 슬픔에 젖어 말했다.

"나는 이 고을로 귀양 온 유 주부의 아들이다. 부모의 원수를 갚으려고 적진에 들어가 천자를 구하고 정한담과 최일귀를 한칼에 베고, 다섯 나라의 정예 병사를 일시에 무찌르고 천자를 모시고 궁궐로 돌아갔는데, 뜻밖에 다섯 나라 왕이 도성에 들어와 나를 속이고 많은 사람을 죽인 다음 황후를 사로잡아 갔다. 그래서 북쪽 오랑캐를 다 무찌르고 황후를 모셔 오려고 가는 길에 들렀도다."

유주 자사가 이 말을 듣고 계단 아래로 내려와 절을 올리며 치하하고는 술과 고기를 많이 내어 대접하고 십 리 밖까지 나와 전송했다. 유 원수가 유주를 떠나 호국에 다다르니, 바람에 눈발이 어지럽게 날리고 길은 험악해 사람의 자취가 없었다.

호국으로 가 황후와 태후, 태자를 구해 오다

각설, 호왕은 본국으로 돌아와 승전의 북을 울리며 잔치를 벌이고 며칠 동안을 즐겼다. 잔치 뒤에 황후와 태후, 태자를 잡아내 칼과 창을 들고 좌우에 늘어선 군졸들 사이에 엎드리게 하고는 호왕이 칼로 난간을 치며 태자에게 호령했다.

"네 이놈! 예전에는 네 아비의 힘을 믿고 외람되게 동궁이라 하였지만, 이제는 과인이 하늘의 명을 받아 네 아비에게 항복받고 네 할머니를 사로잡아 왔으니, 천자가 나밖에 또 있느냐? 네가 빨리 항복하여 나를 도우면 죽지 않겠지만 그렇지 아니하면 너희 모자를 북쪽 바다에 던지리라!"

이렇듯이 호령하니 군사의 장엄한 위용은 염라국이 가까운 듯했고, 호왕의 엄한 위풍은 용맹스런 호랑이가 엎드려 있는 듯했다. 황후와 태후, 태자가 정신이 아득하여 세 사람이 서로 목을 끌어안고 계단 아래에 엎어져서 어찌할 줄 몰랐다. 이때의 태자 나이는 열세 살이었는데, 호왕에게 호령했다.

"네 이놈! 역적 놈이 한갓 힘만 믿고 외람되게 남경을 침략하여 이 지경이 되었으나, 어찌 감히 천자를 꾸짖어 욕을 하며 나를 항복시켜 네 신하를 삼을 수 있겠느냐? 임금과 신하의 의리를 말하면, 천자는 만백성의 아버지요, 황후는 만백성의 어머니라! 너는 만고의 역적 놈일 뿐이니라!"

이 말에 호왕이 분노해 모두 처형하라고 재촉했다. 군졸이 한꺼번에 달려들어 황후와 태후, 태자를 잡아내 온갖 형틀을 다 갖추어 수레 위에 싣고 동문 큰길가로 나왔다. 깃발과 창칼이 벌여져 늘어서 있는데, 총융 대장이 높이 앉아 목을 베는 자객에게 상을 주고 칼을 희롱하게 하니, 세 사람이 수레에서 내려 황후는 태후의 목을 안고 태자는 황후의 목을 안아 세 사람이 한 몸이 되어 백사장 넓은 뜰에 엎어져 땅을 치며 목 놓아 통곡했다.

"전생에 무슨 죄를 지어 백발의 늙은이가 젊은 며느리와 어린 손자를 앞세우고 오랑캐에게 잡혀 와서 한 칼끝에 다 죽으니, 북방 천 리 멀고 먼 길에 주인 잃은 외로운 혼이 된단 말인가? 피골이 상접한 이 내 몸은 오랑캐 놈에게 자식 잃고, 젊은 내 며느리는 오랑캐 놈에게 낭군을 잃고, 외로운 홀몸인 내 손자는 오랑캐 놈에게 아비를 잃었도다. 만 리나 되는 험한 이 호국 땅에 누구를 보려고 왔다가 세 몸이 한 몸 되어 자객의 칼에 죽게 되었으니, 천만 년을 지나간들 이런 변이 또 있을까? 넓고 넓은 천지간에 흉악하고 기구한 것이 우리 셋의 팔자로다. 우리 아들은 도적에게 황성을 잃고 정한담을 피해 북문으로 도망하더니 죽었는가 살았는가? 혼백이나 둥둥 떠서 늙은 어미 죽는 줄을 귀신이나 알련마는 아득한 구름 속에 사람 소리뿐이로다. 유충렬은 어디 가고 날 살릴 줄 모르는가. 한심하다. 형산의 신령은 어질고 착한 내 아들을 남경에 점지하여 용상 위에 앉혔거늘, 그 어미는 무슨 죄로 이 지경이 되게 했는가? 만고의 영웅 유충렬은 명나라에 점지할 때 어떤 임금 섬기려고 나의 손자 죽는 줄을 모르느냐. 비나이다, 비나이다. 형산의 신령은 명나라 황성에 급히 가 우리 유 원수를 찾아 내 말을 전해 주소서. 명나라 황태후가 불쌍한 며느리와 어린 손자 목을 끌어안고 있고, 깃발과 창칼이 늘어선 장막 안에는 자객이 늘어서 있도다. 오늘 정오만 지나면 죄 없는 세 목숨이 창검 끝에 죽을 것이니 어서 속히 전해 주오."

이렇듯이 통곡하니 피 같은 저 눈물은 소상강 저문 비가 검은 빛깔이 아롱진 대나무에 뿌리는 듯했다. 가련하다, 황후의 올해 나이가 스물여덟 살이라. 고운 얼굴 귀한 몸이 여러 날 잠을 못 자고 굶었으니 형용이 초췌하다. 호왕이 잡아낼 때 흉악한 군사 놈이 억지로 끌어내니 얼굴 가득 피가 흐르고 옷 또한 남루하게 되었구나. 푸른 하늘에 밝은 달이 먹구름 속에 잠긴 듯, 푸른 물에 붉은 연꽃이 흙비를 머금은 듯, 가련하고 슬픈 모습을 차마 보지 못하겠다.

총융 대장이 군사를 재촉하여 죄인을 잡아다가 깃대 밑에 엎드리게 하고 자객들에게 호령했다.

"한꺼번에 처참하라!"

자객들이 명령을 받고 붉은 도포에 남빛 허리띠를 띠고 비수같이 날카로운 칼을 번득이며 좌우에 갈라서서 외쳤다.

"영을 시행한다!"

고함 소리가 푸른 하늘에 진동하니, 하늘과 땅이 어찌 무심하겠는가.

이때 유 원수는 호국의 국경에 이르러 급히 상남 뜰에 나아가니, 호국 선우대가 구름 속에 보였다. 흰 눈이 내리는 푸른 강 갈대 밑에서 천사마에게 물을 먹이고, 강물로 얼굴을 씻었다. 사방을 둘러보아도 사람 하나 없이 적막한 중에 난데없는 표주박 같은 작은 배가 강 위로 떠왔다. 한 선녀가 선창 밖으로 나와 유 원수에게 인사하고 비단 주머니를 끌러 과일 두 개를 주며 말했다.

"먼 길에 피곤하실 텐데 이 과일 한 개를 잡수시고, 한 개는 두었다가 나중에 쓰십시오. 지금 황후와 태후, 태자가 동문 큰길가에서 자객의 검에 위협을 받는 중에 황후의 귀한 목숨이 경각에 달려 있습니다. 원수는 어찌 급한 줄을 모르고 빨리 가지 아니하십니까?"

두어 마디 말을 하고는 두둥실 물 가운데로 떠갔다. 유 원수가 크게 놀라 그 과일 한 개를 먹고 하늘의 기운을 살폈다. 태자의 장성이 떨어질 듯하고 자미성이 칼끝에 달려 있었다. 크게 놀라 황룡 같은 수염을 쓰다듬으며 봉의 눈을 부릅뜨고 일광주와 용린갑을 단단히 졸라매고 장성검을 펴 들고 천사마를 채찍질해 나는 듯이 들어가니, 동문 밖 십 리 백사장에 군사들이 가득했다. 말안장에 달려 있는 주머니를 급히 열어 조총을 꺼내 한 방을 쏘니 우레 같은 소리가 푸른 하늘의 밝은 해를 뒤흔드는 듯했다. 유 원수가 호왕을 불러 외쳤다.

"여봐라! 호왕 놈아! 황후와 태후, 태자를 해치지 마라!"

자객이 비수를 번득이며 태자의 목을 치려 할 때, 난데없는 벽력 소리가 하늘로부터 들리더니 어떤 대장이 제비같이 달려 들어왔다. 모두가 당황하고 놀라 주저주저하고 있을 때, 천사마가 눈을 한 번 깜빡이자 동문 큰길가에서 장성검이 불빛이 되어 십 리 백사장 넓은 뜰에 다섯 줄로 늘어선 기마병을 씨도 없이 다 베었다. 성으로 달려 들어가 대궐 문을 깨치고 그 안에 있던 모든 신하를 단칼에 무찌르고, 용상을 깨부수며 호왕의 머리를 풀어 손에 감아쥐고 동문 큰길가로 급히 오니, 이때 황후와 태후, 태자는 자객의 칼끝에 혼백이 흩어져서 기절해 엎어져 있었다. 유 원수가 급히 달려들어 태자를 붙들어 앉히고 황후와 태후를 흔들어 깨우니, 한참 지난 뒤에야 겨우 정신을 차렸다. 유 원수가 땅에 엎드려 여쭈었다.

"정신을 차리옵소서. 명나라 도원수 유충렬이 호왕을 사로잡고 자객과 군사를 한칼에 다 죽이고 이곳에 왔나이다."

태자가 이 말을 듣고 급히 일어나 황후의 목을 안고 부르짖었다.

"남경에서 유충렬이 왔다고 하옵니다! 정신을 차리고 충렬을 다시 보옵소서!"

황후와 태후가 기절했다가 유충렬이 왔다는 말을 듣고 가슴을 두드리며 벌떡 일어나 앉으며 사방을 둘러보니 군사는 하나도 없고 어떤 대장이 앞에 엎드려 있었다. 유 원수가 다시 여쭈었다.

"소장은 남경 유충렬이옵니다. 호왕을 사로잡아 이곳에 왔나이다."

황후가 이 말을 듣고 와락 달려들어 손을 잡고 말했다.

"그대 분명 유 원수냐? 하늘에서 내려왔느냐, 땅속에서 솟아났는가? 북방의 오랑캐 땅 수만 리를 어찌 알고 왔는가? 그대의 은덕은 죽어서 백골이 되어도 잊기 어렵도다. 어찌 다 갚으리오?"

태자도 수없이 감사하며 천자의 안부를 묻자 유 원수가 여쭈었다.

"소장이 도적에게 속아 금산성에 들어가니 적장 천극한이 군사 십만 명을 거느리고 왔기에 다 베어 버렸습니다. 급히 돌아오다가 하늘의 기운을 살펴보니 폐하께서 변수 가에서 죽게 되었기에 급히 달려갔습니다. 폐하께서는 백사장에 엎어져 있고 정한담은 칼을 들어 폐하를 치려는 순간에 소장이 달려들어 정한담을 사로잡아 감옥에 가두고 폐하는 편히 모셔 궁궐로 돌아왔습니다. 그런 뒤에 소장은 대비와 대군을 구하고 아비를 찾으려고 이곳에 왔나이다."

세 사람이 수없이 치하하며 말했다.

"북망산에 계신 부모가 살아나 다시 본들 이보다 더 반가우며, 강동으로 떠난 형제를 밤중에 만나 본들 이보다 더 기쁘겠느냐. 이제 돌아가 우리 폐하께서 유 원수와 더불어 형제의 의를 맺어 영원토록 같이하며, 천하를 반으로 나누어 태평한 시절을 함께 즐길까 하노라."

태자가 호왕이 잡혀 온 것을 보더니 유 원수의 칼을 뺏어 가지고 호왕을 엎어뜨리며 말했다.

"네 이놈아! 왕후를 욕보이고 나에게 항복받아 네 신하를 삼고자 하더니, 하늘에 해도 밝고 달도 밝거늘 어지 감히 그런 마음을 먹어 하늘을 욕되게 하였느냐!"

분한 마음을 이기지 못해 장성검을 높이 들어 호왕의 머리를 베어 칼끝에 꿰어 들고 호왕의 간을 내어 낱낱이 씹었다. 그런 뒤에 성안으로 들어가 약간 남은 군사를 다 죽이고, 그중에 군사 다섯 명을 잡아 내 준마 세 필을 구하여 교자를 갖추어 황후와 태후, 태자를 모시게 하고, 호국 옥새와 지도책을 가지고 길을 떠났다.

가마로 신분과 위세를 과시하다

위기에 빠진 황제를 구한 유충렬은 이어서 오랑캐에게 잡혀간 황후와 태후, 태자를 구해 황성으로 모셔 옵니다. 그리고 아버지 유심, 어머니 장 부인은 물론이고 장인 강희주와 아내 강 소저도 구출해서 황성으로 모셔 와 온 가족이 해후하는 장면을 연출합니다. 각지에서 황성으로 향할 때 이들이 이동 수단으로 이용했던 것은 말이나 가마입니다. 그런데 가마라고 해서 다 똑같았던 것은 아니었습니다. 오늘날의 승용차도 경차, 소형차, 중형차, 대형차로 구분하듯이 가마도 누가 타느냐에 따라서 이름도, 모양도 달랐습니다.

조선 시대의 가마는 어떤 사람들이 탈 수 있었을까?

가마의 형태는 왕과 왕비, 공주, 옹주 등 왕실 구성원들이 타는 것, 관원들이 타는 것 등으로 신분에 따라 엄격하게 나뉘었습니다. 연과 여는 왕과 왕비가 주로 탔습니다. 왕실의 큰 행사가 있을 때나 궁궐 밖으로 먼 길을 행차할 때 주로 연을 탔고, 궁궐 안이나 궁궐에서 멀지 않은 곳에 갈 때는 여를 탔다고 합니다. 공주와 옹주 들은 주로 '덩'이라는 가마를 탔는데, 왕실 부녀들이 사용했기 때문에 지붕을 갖추고 있었습니다.

관원의 경우, 특별한 경우를 제외하고는 문신 당상관 이상만 가마를 탈 수 있었습니다. 3품 이상의 고위 관원들과 그 가족들에게만 가마를 탈 수 있는 권한을 준 것이지요. 문신 당하관이나 무신, 음관, 유생, 평민과 천민 등은 가마가 아닌 말을 탔습니다.

가마에도 남녀유별(男女有別)

조선 초기에는 말을 타거나 평교자를 타고 다녔는데, 유교적 사회 질서가 정착되어 가면서 남녀를 엄히 구분하는 규범들이 가마에도 적용되었습니다. 태종 4년(1404)에는 3품 이상의 정처는 지붕이 있는 가마를 타고 나머지는 말을 타고 다니게 했습니다. 이는 부

인들이 외출하면서 사방이 트인 평교자를 탈 때 가마꾼이나 하인 들과 옷깃이 닿거나 어깨가 닿는 일이 있어 내린 조치라고 합니다.

가마에 대한 규제

조선 시대에는 가마에 대한 규제가 제대로 지켜지지 않아 문제가 되기도 했습니다. 아래의 내용은 비변사에서 조정에 올린 보고입니다.

> 근래에는 나라의 기강이 해이하여 지방의 관리 중에 법을 받들지 않는 자가 많습니다. 가마를 타는 것에 대한 금령은 그동안 한두 번 신칙한 것이 아닙니다. 그런데도 전혀 봉해하지 않고 관직과 품계의 고하에 구애되지 않고 모두가 번번이 범하면서도 으레 그래도 되려니 생각하고 있습니다. 수령들뿐만 아니라 모두가 다 그러해서 마관 중에도 외람되이 가마를 타는 자가 간혹 있으니 이보다 더 한심한 일이 없습니다. …… 중략 …… 당상의 관품을 지닌 수령이라 하더라도 2품과 승지를 거치지 않았으면 쌍마교를 탈 수 없으며, 당하의 관품을 지닌 수령은 지붕이 있는 것이건 없는 것이건 모두 금하고 있습니다. 어긴 자가 있으면 도신으로 하여금 계문하게 하여 죄주기를 청하라는 내용이 명백하게 사목에 실려 있는데도 각 도에서는 예사로 덮어 두고 애당초 따져서 밝히지 않으니 일의 체모로 볼 때 매우 온당치 못합니다.
>
> — 비변사등록, 숙종 37년 11월 2일

지방의 관리들이 정해진 법령을 어기고 가마를 타는 일이 생기고, 지방으로 발령받아 내려가는 수령들이 문제를 일으켰기 때문에 이러한 보고가 있었던 것입니다. 이렇게 가마에 대한 금령을 시행하려고 한 것은 관료들 간의 위계질서를 명확히 하려는 의도도 있었고, 한편으로는 백성들이 가마꾼으로 징발되어 고초를 겪는 일이 일어났기 때문이라고 합니다.

아버지 유심을 구하다

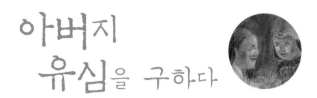

유 원수는 길을 재촉하다가 부친을 생각하자 눈물이 비 오듯 하며 슬픈 마음을 억제하지 못해 목 놓아 울면서 말했다.

"천자는 나 같은 신하를 두어 만 리 호국에서 죽게 된 모친과 처자를 다시 만나 보거니와 나는 포판에 있는 아버지가 죽었는지 살았는지 모르고 있구나. 회사정에서 어머니를 잃고 만 리 북방에서 아버지를 잃고 영릉 청수에서 아내를 잃었으니, 살아서 무엇 하겠는가? 죽어도 아깝지 않으나 죽으면 도리어 악귀가 될 것 같으니, 포판으로 가서 우리 아버지의 생사를 알아나 보자."

태후와 태자가 유 원수의 손을 잡고 수없이 위로하며 길을 재촉해 여러 날 만에 포판에 도달했다. 이 땅은 북해상에 있어 사람이 살지 않은 곳이었다. 사방에 사람의 자취는 없고 다만 바닷가의 풍랑 소리만 들리고, 찬바람이 싸늘한 가운데 원숭이는 슬피 울어 나그네의 근심만 돋울 뿐이었다. 더구나 귀신이 어지러이 출몰하는 곳이어서 혈혈단신인 유심이 살아 있을 가망이 전혀 없어 보였다.

유심은 도적에게 잡혀갔다가 항복하지 않는다고 연약한 몸에 곤장을 많이 맞은 데다가, 사람이 살지 않는 북해상에 보내졌으니, 배고프고 목마른 것을 어찌 이겨 내겠는가. 머지않아 죽을 수밖에 없는 운명이었다. 이때 유 원수가 순식간에 달려가서 보니, 토굴을 깊이 파고 험한 나무들로 사방을 둘러싼 가운데, 지키는 군사 한 명만을 두어서 한 달에 아홉 번만 구멍으로 밥을 넣어 주고 있었다.

유 원수가 이 모습을 보고 엎어질 듯 달려가 투구를 벗어 땅에 놓고 사방의 수목을 헤치고 토굴 문밖에 엎드려 여쭈었다.

"명나라 남경 동성문 안에 사는 충렬은 도적을 잡아 난리를 평정하고 황후와 태후, 태자를 모시고 이곳에 왔나이다."

유심은 기운이 다 빠져 정신을 잃고 잠이 깊이 들었는데, 잠결에 얼핏 충렬이란 말이 멀리서 들리는 듯해서 일어나 앉으며 말했다.

"네가 귀신이냐? 이 땅은 사람이 살지 않고 물귀신이 많은 곳이라. 어떻게 알고 여기에 왔느냐?"

통곡하며 가슴을 두드리다가 기가 막혀 다시 물었다.

"네가 귀신이냐 사람이냐?"

"충렬이 살아서 왔나이다."

유심은 충렬이 찾아오리라고는 전혀 생각하지 못했기에 귀신인가 의심해 주문을 외우며 말했다.

"내 아들 충렬은 회수에서 죽었으니 너는 분명 혼이로다. 그러나 혼이라도 반갑고 반갑도다."

충렬이 울며 말했다.

"소자가 회수에서 죽게 되었다가 하늘의 도움으로 살아나서 도적을 모두 물리치고 천자를 궁궐에 모셔 놓고, 호국으로 가서 황후와 태후, 태자를 구해 여기에 왔나이다."

"이게 웬 말이냐? 네가 정말 충렬이냐? 충렬이 분명하거든 십 년 전에 연경으로 귀양 갈 때에 주었던 대나무칼을 갖고 있느냐? 어디 보자."

유 원수가 옷을 급히 벗고 속적삼에 차고 있던 대나무칼을 끌러 내어 두 손으로 받들어 올렸다.

"여기 올리나이다."

유심이 이 말을 듣고 토굴 문에 엎드려서 손을 내어 받아 보니 자신이 주었던 대나무칼이었다. 죽어 저세상으로 간다 한들 부자의 표식을 모르겠는가. 유심이 벌떡 일어나 앉으며 말했다.

"이게 웬일이냐? 충렬이 왔구나! 대나무칼은 보았으나 내 아들 충렬은 가슴에 대장성이 박혀 있고 등에는 삼태성이 있느니라."

유 원수가 옷을 벗어 땅에 놓고 곁에 앉으니, 유심이 유 원수의 가슴과 등을 살펴보았다. 샛별 같은 삼태성과 대장성이 뚜렷이 박혀 있는데, 금으로 '대명국 도원수'라 뚜렷하게 새겨져 있었다. 유심은 왈칵 달려들어 충렬의 목을 끌어안고 통곡하며 말했다.

"어디 갔다 이제 오느냐? 하늘에서 떨어졌느냐, 땅에서 솟았느냐?

우리 폐하께서는 살아 계시며, 너의 어머니는 어찌 되었느냐? 만고역적 정한담이 우리 집에 불을 놓아 너희 모자를 죽이려 했다던데, 어찌 살아나서 이토록 장성하였느냐? 네가 정말 충렬이냐? 대나무칼과 표적을 보니 충렬임이 분명하다. 정한담의 화를 만나 회수에 빠져 죽었던 네가 일곱 살 어린 나이에 그 넓고 푸른 물속에서 어떻게 살아나서 우리 부자가 상봉하게 되었단 말이냐?"

유심이 통곡하다가 기절하니 유 원수가 크게 놀라 행장을 급히 끌러 선녀가 준 과일을 꺼내어 먹인 뒤에 손발을 주물러 다시 정신을 들게 했다. 한나절쯤 지나서 유심이 일어나 앉아 정신을 차리며 충렬의 손을 잡고 말했다.

"네 무슨 약을 먹여 이렇게 나를 구하였느냐?"

황후와 태후가 유심이 다시 살아난 것을 보고 급히 들어가 유심의 손을 잡고 말했다.

"어찌 저렇듯이 귀한 아들을 두어 만리타국에서 그대와 우리를 살려내어 이곳에서 서로 만나 보게 했는고?"

유심이 땅에 엎드려 아뢰었다.

"이게 다 폐하의 덕택이로소이다."

유 원수가 황후와 태후, 태자를 모시고 호국을 떠나 양자강을 건너니, 여기서 남경까지 사만오천육백 리였다. 일행은 황주로 가서 요기하고 황성으로 향했다.

천자는 유 원수를 만리타국에 보내 놓고 밤낮으로 한탄하며 하늘의 도움으로 황후와 태후, 태자를 찾아오기만 빌고 있었는데, 뜻밖에 유 원수의 장계가 올라와 얼른 열어 보았다.

　도원수 유충렬은 호국에 들어가 호적을 모두 쳐부수고, 황후와 태후, 태자를
모시고 오는 길에 포판에 가서 유 주부를 살려 내어 이제 함께 본국으로 들어
가옵나이다.

　천자가 보고 매우 기뻐 십 리 밖에까지 나와 맞이했다. 황후와 태후
가 천자에게 달려들어 한편으로 반가워하며 한편으로 슬피 우니, 그
모습은 차마 보지 못할 지경이었다.
　태자가 땅에 엎드려, 호국에 잡혀가 호왕에게 모욕을 당하고 동문
큰길가에서 거의 거의 죽게 되었다가 유 원수를 만나 살아난 일과, 포
판에 들어가 유 주부를 살려 온 일을 낱낱이 아뢰니, 천자가 이 말을
듣고 유 원수의 등을 만지며 말했다.
　"옛날 삼국 시절에 유비, 관우, 장비 세 사람이 도원에서 형제의 의
를 맺었듯이, 과인도 경과 더불어 형제의 의를 맺으리라."
　유심이 땅에 엎드려 아뢰었다.
　"소신은 연경에 귀양 갔던 유심이옵니다. 자식의 힘으로 목숨이 살
아나서 폐하를 다시 뵈오니 참으로 다행이옵니다. 폐하께서는 이렇듯
국사에 힘들어 하시는데, 소신은 충성이 부족하여 호국에 갇혀 폐하
를 돕지 못하였으니 그 죄 만 번 죽어도 아깝지 않사옵니다."
　천자가 유심이라는 말을 듣고 버선발로 뛰어내려 손을 잡고 말했다.
　"이게 웬 말인가! 회사정에서 죽은 줄로만 알았더니 어떻게 살아왔

는가? 과인이 현명하지 못해 역적 놈의 말을 듣고 아무 죄 없는 우리 유 주부를 만 리 밖 연경으로 보냈으니, 누구를 원망하겠는가. 모두 다 과인의 탓이로세. 그대의 얼굴을 보니 죄 많은 이내 몸이 무슨 면목으로 사죄할까? 그대에게 공덕을 갚을진대 살을 베어 봉양하고 천하의 반을 나누어 준들 어찌 다 갚을까?"

이렇듯이 치하하고 도성으로 들어오니, 황성의 온 백성을 비롯해 중군장 조정만과 군사들이 한꺼번에 몰려 들어와 유 원수에게 감사하며 절했다. 남녀노소 구별 없이 유 원수의 말을 잡고 그 은덕을 칭송하며 손 모아 빌기를 그치지 않았다. 한 백발노인이 대나무 지팡이를 짚고 다 헤진 감투를 쓴 채 어린아이를 앞세우고 동쪽 골목에서 나왔다. 손에는 술 한 잔 받아 들고 안주는 낙엽에 싸서 손자에게 들게 하고 엉금엉금 기어 나와 유 원수에게 수없이 절하고 감사하면서 만만세를 불렀다.

"소인은 동성문 안에 살고 있습니다. 삼대 독자로 살았는데 소인은 아들 셋과 딸 하나를 낳아 귀하게 길러 모두 잘 자랐습니다. 그런데 만고역적 정한담이 난리를 일으켜 용상에 높이 앉아 스스로 천자라 칭하면서 백성을 도탄에 빠뜨리고, 소인의 아들 둘을 군사로 삼아 전장터에서 싸우게 하다가 자식 하나를 죽였습니다. 옥황상제께서 남경을 도우려고 장군님을 남경에 점지하여 도적을 치게 했습니다. 장군님이 적진에 달려들어 적장 정문걸을 단칼에 베고 천자를 구하셨습니다. 소인은 남은 자식을 성안에 두었다가는 정한담에게 죽을 것 같다고 생각하고 한밤중에 중군장 조정만에게 도망가게 하였습니다. 장군님 진중으로 보내고 북두칠성을 바라보며 일 년 삼백육십 일 밤마다 '우리 나라 장수님이 싸움에서 이기게 하옵소서.' 하고 빌었습니다. 장군님의 힘을 입어 명나라 군사는 하나도 다치지 않고 돌아왔습니다. 소인의 남은 자식이 살아 돌아와서 이 손자를 두었으니, 이놈은 장군님의 자식과 다름없습니다. 이제는 소인이 죽어도 백골을 묻어 줄 자식이 있고 조상의 제사를 받들 손자가 있사오니, 이는 모두 장군님의

덕이옵니다. 소인이 죽을 날이 멀지 않았으니 술 한 잔을 장군님 전에 올리니 만세무강하옵소서. 소인은 이제 죽어도 한이 없을까 하여 손자를 이끌고 왔나이다."

유 원수와 유 주부는 물론 황후와 태후, 태자 그리고 여러 장수가 이 말을 듣고 마음이 온통 슬픔에 젖어 있는데, 유 원수가 눈물을 흘리며 말했다.

"이는 모두 노인이 두 손 모아 하늘에 기도한 공이요, 폐하의 은덕 때문이다. 나 같은 사람이야 무슨 공이 있으리오. 돌아가 편히 살라."

유 원수가 노인이 바친 술을 받아 천자에게 드리고 행군을 재촉하니, 천자가 조정만을 급히 불러 명했다.

"그 노인의 아들 이름을 알아보고 데려오라."

그때 한 군사가 다 떨어진 전립을 쓰고 환도 하나를 손에 들고 유원수 앞에 엎드렸다. 유 원수는 성명을 물은 뒤에 칭찬하고는 호위하는 장수로 삼고 재물을 후하게 주어 늙은 아비를 잘 섬기라고 했다.

유 원수가 말을 재촉해 도성으로 들어가니, 남아 있는 몇몇 충신들이 머리를 조아리며 치하하고, 삼군이 유 원수의 은덕을 칭송했다.

천자와 황후, 태후, 유 원수가 모두 한자리에 앉아 밤새도록 그동안 고생했던 일들을 이야기했다. 이튿날 감옥을 당당하는 관리를 불러 정한담을 잡아다가 궁궐 뜰에 엎드리게 한 뒤, 유심이 천자 곁에 앉아 나졸을 호령해 온갖 형틀을 갖추고 죄를 물었다.

"네 이놈, 정한담아! 위를 쳐다보아라. 나를 아느냐, 모르느냐? 네가 스스로 천자라 하더니 천자가 두 팔이 없느냐. 조그만 유심의 아래에서 땅에 엎드려 있는 것은 무슨 일인가? 네 죄를 네가 아느냐?"

정한담이 땅에 엎드려 아뢰었다.

"소신의 털을 뽑아 죄를 헤아려도 털이 모자라니 죽여 주옵소서."

유심이 크게 화를 내며 말했다.

"네 죄목이 열 가지니 자세히 들어라. 네놈은 본래 하늘나라의 익성으로 명나라에 내려왔도다. 용맹이 다른 사람보다 뛰어남을 믿고 도사를 데려다가 놓고 항상 천자가 되고자 했으니, 이것이 만고에 큰 죄하나다. 조정에 충직한 신하를 꺼려하여 죄 없는 충신을 모함하여 나를 연경에 귀양 보냈으니, 그것이 죄 둘이다. 신기한 영웅이 황성에 있다는 도사 놈의 말을 듣고 내 자식을 죽이려고 내 집에 불을 놓았으며, 살아서 회수로 가니 군사를 보내 내 자식을 결박해 물속에 던져 죽이려 했으니, 이것이 죄 셋이다. 퇴임한 재상 강희주를 역적으로 몰아 옥문관으로 보냈으니, 이것이 죄 넷이다. 강 승상의 식구들을 잡아다가 도중에서 죽였으니, 이것이 죄 다섯이다. 황후와 태후, 태자를 사로잡아 진중에 가두어 굶주려 죽이려 했으니, 이것이 죄 여섯이다. 충신을 다 죽이고 도적을 막겠다고 천자를 속이고 도적에게 항복했으니, 이것이 죄 일곱이다. 자칭 천자라 하여 백성을 도탄에 빠지게 하고 충신을 잡아들여 굴복시키고자 했으니, 이것이 죄 여덟이다. 호국에 구원병을 청해 황후와 태후, 태자를 호왕에게 보내고 황성의 어여쁜 계집과 보물을 모두 다 빼앗아 남쪽 오랑캐에게 보냈으니, 이것이 죄 아홉이다. 천자를 변수 가에서 죽이려 했으니, 이것이 죄 열 가지다. 세상에 남의 신하가 되어 유례가 없는 열 가지 죄를 지었으니 이러고도 살기를 바라겠느냐. 우리 폐하께옵서 이렇듯이 고생한 일과 대비 대군께옵서 여러 번 죽을 뻔한 일, 도성 안의 모든 백성과 육국의 군사를 죽게 한 일, 강 승상과 나를 타국에서 죽이려 했으며, 온 세상을 어지럽히고 종묘사직을 위태롭게 하여 백성들이 놀라 사방으로 흩어져 도망하게 했으니, 이게 모두 네놈이 한 짓이 아니냐?"

정한담이 아무 말도 못하고 있으니, 유심이 나졸에게 명령했다.

"정한담의 목을 황성의 저잣거리에서 베어라!"

● **전립**(戰笠) 무관이 쓰던 모자의 하나. 붉은 털로 둘레에 끈을 꼬아 두르고 상모(象毛), 옥로(玉鷺) 따위를 달아 장식했으며, 안쪽은 남색의 운문대단으로 꾸몄다.
● **환도**(環刀) 군복에 갖추어 차던 군도(軍刀).

나졸이 달려들어 정한담의 목을 맨 뒤, 수레 위에 높이 싣고 황성의 큰길로 급히 나오며 외쳤다.

"이봐, 백성들아! 만고역적 정한담을 오늘 베러 가니 나와 구경하라!"

성 안팎의 백성들이 정한담 죽이러 간다는 말을 듣고 남녀노소 상하 없이 그놈의 간을 내어 먹고자 해 동편 사람은 서편을 부르고 남촌 사람은 북촌 사람을 불러 서로 찾아 골목골목이 빈틈없이 나오며 노래를 불렀다.

이봐, 벗님네야. 가세 가세 어서 가세. 만고역적 정한담을 우리 원수 장군님이 사로잡아 두 팔 끊고 전후 죄목 물은 뒤에 백성들을 뵈이려고 저자에서 베인다니 바삐바삐 어서 가서 그놈의 살을 베어 부모 잃은 사람들은 부모 원수 갚아 주고 자식 잃은 사람들은 자식 원수 갚아 주세.

머리가 흰 노인은 손자를 업고 젊은 아낙네는 자식을 품고 전후좌우에 늘어서서, 어떤 사람은 달려들어 정한담에게 호령하고, 어떤 여인은 정한담의 상투를 잡고 신짝을 벗어 양 귀밑을 찰싹찰싹 치며 말했다.

"네 이놈, 정한담아! 너 아니면 우리 가장이 죽었으며, 내 자식이 죽었겠느냐? 우리 유 원수께서 네놈 목을 진중에 베었더라면 네놈 고기를 맛보지 못했을 것을, 백성에게 보이려고 산 채로 잡아서 오늘 베이므로 네 고기를 나누어다가 우리 가장 혼백에게 바쳐 한이 없게 하리라."

정한담을 능지처참해 사지를 나눠 놓으니, 장안의 온 백성들이 벌떼같이 달려들어 점점이 오려 놓고, 간도 꺼내어 씹어 보고, 살도 베어 먹어 보며 유 원수의 높은 덕을 수없이 칭송했다.

각 도와 각 관을 순시하고, 최일귀와 정한담의 삼족을 다 멸한 뒤에 천자가 삼 층으로 쌓은 단에 올라 하늘에 제사를 지냈다. 주부 유심의 벼슬을 높여 금자광록태부 대승상 연국공에 연나라 왕으로 임명하고, 옥새와 용포에 통천관을 하사하고 아주 많은 녹봉을 주었다. 유 원수는 대사마 대장군 겸 승상 위국공에 임명해 아주 많은 녹봉을 주고, 의형제를 맺어 충무후에 임명했다. 그리고 남은 장수와 군사 들에게 차례로 벼슬을 주고 상을 내리니, 모두가 즐거워하는 소리는 마치 요임금과 순임금 때 백성이 태평 시절을 노래하는 것과 같았다. 천자의 만수무강을 기원하고 유 원수의 공덕을 칭송하는 소리가 천지를 진동했다.

호국으로 잡혀간 강 승상을 구하다

연왕 부자가 천자의 은덕에 감사하니, 천자가 위로하며 말했다.

"그대의 숙소를 우선 정해 약간의 공을 들였을 따름이거니와, 그대의 은혜를 갚으려면 살을 깎아 천만 번 봉양해도 갚을 길이 없도다."

유 원수가 땅에 엎드려 아뢰었다.

"하늘의 은혜로 아버지는 만났으나 어머니는 어디 가서 이런 줄을 모르며, 옥문관으로 귀양 간 강 승상은 죽었는지 살았는지 모르옵니다. 가련한 강 낭자는 청수에서 죽었으니 어디 가서 만나 볼 수 있겠사옵니까? 낭자가 부탁한 대로 옥문관에 찾아가서 강 승상의 뼈나 거두어다가 묻어 주고, 회수에 가서 모친을 제사하고, 청수를 지나면서 강 낭자의 혼백이나 위로한 뒤에 다른 데로 장가가서 아버지께 영화나 보일까 하옵나이다."

천자가 이 말을 듣고 슬픔에 젖어 태후에게 그 말을 고했다. 태후는 강 승상의 고모인데, 이 말을 듣고 슬퍼 눈물을 흘리며 유 원수를 불러들여 손을 잡고 울며 말했다.

"강 승상은 나의 조카다. 지금까지 살아 있는지 모르겠구나. 그대의 힘으로 내 몸은 살아 있으나 친정 식구라고는 강 승상 하나뿐이다. 살아 있거든 데려오고 죽었거든 백골이나 주워 오너라."

"저는 강 승상의 사위입니다."

태후가 듣고 크게 기뻐했다.

"이게 웬 말인가? 만고영웅 유충렬이 충신인 줄만 알았더니 나의 손녀사위가 되었구나. 어서 가서 강 승상의 생사를 알아보고 그대의 모친과 나의 손녀를 제사 지내 위로하고 급히 돌아오너라."

유 원수는 천자와 부왕께 하직하고 대군을 거느리고 바로 서번국을 향해 갔다. 양관을 넘어 서평관에 도달해 급히 격서를 써서 서번국에 보내고 행군을 재촉해 들어가니, 서천 36도의 군장들이 충렬의 재주를 알고 겁에 질려 금은보화를 많이 싣고 옥새와 지도책을 들고 와 항서를 써 바쳤다. 유 원수는 장수의 지휘대에 높이 앉아 군장들을 잡아내 일일이 죄를 따져 묻고, 항서 서른여섯 장을 서로 잇고 장계를 급히 써서 남경으로 보냈다. 그런 뒤에 번왕을 불러 옥문관 소식을 묻고, 즉시 행군해 옥문관으로 찾아갔다. 옥문관에 이르러 슬픈 마음을 진정하고 성안으로 달려 들어가 수문장을 불러 천자의 공문을 보여 주고 물었다.

"귀양 온 강 승상은 어디에 있느냐?"

"강 승상은 성안에 있었는데, 십여 일 전에 남쪽 오랑캐가 쳐들어와 호국으로 잡아 갔나이다."

유 원수가 이 말을 듣고 분한 마음이 다시 일어났다. 노기등등해 군사를 옥문관에 두고 수문장에게 단단히 타일러 경계했다.

"군사를 착실히 돌보면서 내가 돌아오기를 기다리라."

유 원수는 홀로 말을 타고 남쪽 하늘을 바라보며 구름을 헤쳐 나는 듯이 달려갔다. 호국의 국경에 다다르니 분노가 더욱 치솟아 격서를 보냈다.

가달 왕은 남경에서 데려온 일등 미인들을 좌우에 앉히고 갖은 풍악을 울리며 날마다 즐기고 있었다. 가달 왕이 데려간 도사는 마음이 산란해 하늘의 기운을 살펴보았다. 남경 도원수 유충렬이 국경 안으로 들어오기에 깜짝 놀라 왕에게 고했다.

"남경 도원수가 국경으로 들어오고 있으니 어떻게 하면 좋겠습니까?"

가달 왕은 모든 신하를 불러 모아 방어할 대책을 의논했다. 세 명의 장수가 백금투구에 흑운포를 입고 삼천 근이나 되는 철퇴와 구 척이나 되는 장검을 좌우에 들고 계단 아래에 엎드려 아뢰었다.

"소장 삼 형제는 번양 석장동에 사는 마철 등이옵니다. 남경의 유충렬이 들어온다는 말을 듣고 천 리를 멀다 여기지 않고 왔사오니 소장에게 선봉을 맡기시면 충렬의 목을 베어 오리이다."

모두가 바라보니 키가 십 척으로 기골이 장대했다.

가달 왕이 매우 기뻐하며 마철을 선봉으로 삼고, 마응을 중군으로 삼고, 마학을 후군으로 삼아 정예 병사 팔십만을 가려 뽑아 석대산 아래에 진을 치게 한 뒤, 도사와 모든 신하를 거느리고 산에 올라 구경했다.

강 승상은 호국에 잡혀가서 가혹한 고문을 받았으나 끝내 항복하지 않고 호왕을 무수히 질책했다. 호왕이 매우 화가 나서 머지않아 죽이려 했는데, 뜻밖에 유 원수가 쳐들어오자 죽이지 못하고 감옥에 가두어 굶주려 죽이려고 했다.

호왕이 남경에서 데려온 사람 중 조 낭자라는 여인이 있었다. 조 낭자는 끝내 절개를 굽히지 않고 항상 강 승상을 모시고 곁에 있으면서 비바람이 불어도 피하지 않고 밤마다 기도했다.

"우리 나라 유 원수가 어서 와서 남적을 모두 물리치고 본국 사람을 살려 내어 부모 얼굴을 다시 보게 하옵소서."

그러나 호왕이 강 승상을 옥에 가두자 따라가서 밤낮으로 한탄했다.

이때 유 원수가 홀로 말을 타고 호국에 달려 들어가 보니, 수많은 군사들이 석대산 아래에 진을 치고 검술을 뽐내며 의기양양했다. 유 원수가 순식간에 달려들어 적진을 바라보며 벼락같은 소리를 천둥처럼 질렀다.

"네 이놈! 가달 왕아! 강 승상을 해치지 마라!"

유 원수가 소리 지르며 적진 선봉을 헤쳐 가니 선봉 대장 마철이 맞고함을 지르며 말을 타고 달려 나왔다. 마철은 유 원수를 맞아 싸웠으나 한 번도 제대로 겨루지 못하고 철퇴가 부서지고 창검마저 떨어뜨렸다. 마웅과 마학은 제 형이 당해 내지 못할 줄을 알고 한꺼번에 좌우에서 달려들었다. 유 원수의 일광주와 용린갑은 천신이 손수 만들었

으며 용궁의 조화가 깃들어 있으니, 화살 한 개, 탄환 하나라도 뚫을
수 있겠는가.

　유 원수가 장성검을 번개처럼 번득이는데, 동쪽에서 번득하며 마철
의 머리를 베고, 남쪽에서 번득하며 마웅을 베고, 중앙에서 번득하며
마학의 머리를 베어 들고, 적진의 백만 대병을 순식간에 다 무찌르고
는 천사마를 급히 몰아 석대산 아래에 이르렀다.

　호왕과 도사가 매우 놀라며 도망가려 했으나, 천사마가 내닫는 앞으
로는 나는 제비도 가지 못하거든 하물며 사람이야 어찌 가리오. 유 원
수가 순식간에 달려들어 호왕을 치니 통천관이 깨지고 상투마저 없어
졌다. 호왕이 유 원수에게 말했다.

　"이는 내 죄가 아니라 모두 옥관 도사의 죄입니다."

　유 원수가 분한 마음 가운데 옥관 도사라는 말을 듣고 물었다.

　"도사는 어디에 있느냐?"

　호왕이 일어나 앉으며 가르쳐 주었다. 이에 도사를 잡아내 모든 죄
목을 물은 뒤에 말했다.

　"너를 이곳에서 죽여 분을 풀고 싶으나, 남경으로 잡아다가 천자와
우리 부친께 바친 뒤에 죽이리라."

　유 원수가 도사의 두 손목과 두 발을 끊은 뒤에 수레에 싣고 성안으
로 들어가 호왕의 죄를 따지고 나서 강 승상이 있는 곳을 물으니, 호
왕은 옥에 가두었다고 대답했다. 유 원수는 감옥으로 가서 옥문을 깨
고 강 승상을 불렀다. 강 승상과 조 낭자는 호왕이 죽이려고 찾는 줄
알고 매우 놀라 기절했다.

유 원수가 급히 들어가 강 승상에게 여쭈었다.

"정신을 차리시옵소서. 소자는 회사정에서 만났던 유충렬이옵니다. 명나라 도원수가 되어 남쪽 오랑캐를 모두 몰살하고 호왕과 도사를 사로잡아 이곳에 왔나이다."

강 승상은 정신이 없는 중에도 충렬이라는 말을 듣고는 벌떡 일어나 앉아 보니 과연 충렬이 분명했다. 왈칵 달려들어 손을 잡고 통곡하며 하는 말을 어찌 다 헤아릴 수가 있겠는가. 조 낭자가 곁에 앉았다가 유 원수라는 말을 듣고 앞으로 달려들며 말했다.

"장군님이 어떻게 알고 와서 죽은 사람을 살려 내어 고국산천을 다시 보고, 부모 동생을 다시 보게 합니까? 이런 일이 또 있겠습니까? 폐하께서도 살아 계시옵니까?"

유 원수가 대답하고, 집을 떠나 백룡사에서 스님을 만나 말과 투구 등을 얻은 뒤에 남쪽 오랑캐를 몰살하고 온 사연을 승상에게 낱낱이 고했다. 강 승상이 매우 기뻐하며 칭찬하기를 그치지 않았다.

유 원수는 조 낭자의 전후 사정을 물은 뒤에 치하하고는 함께 궐문에 들어가 격서를 써서 토번국에 보냈다. 토번 왕은 유 원수가 온다는 말을 듣고 겁이 나서 얼떨떨한 상태로 항서를 쓰고 광채가 나는 비단을 갖추어 사신을 가달로 보냈다. 유 원수가 사신에게 토번 왕의 죄를 따진 뒤, 가달 왕과 토번 왕의 항서와 도사를 사로잡아 보내는 연유를 천자에게 알렸다.

가달 왕이 남경에서 잡아 온 미녀들은 고국과 부모를 생각하며 밤낮으로 한탄하며 지내고 있었다. 유 원수가 본국으로 데리고 가려고 이들을 찾으니, 넘어지고 엎어지며 달려 나와 전후좌우로 나열해 서서 원수에게 수없이 감사의 인사를 했다. 유 원수는 이들을 준마 삼백 필에 낱낱이 다 태우고, 조 낭자는 옥으로 장식한 가마에 태워 강 승상 곁에 앉게 하고 행군을 재촉했다.

회수에서 어머니를 만나다

여러 날 만에 회수에 다다르니 한숨이 절로 났다. 전에 듣던 풍랑 소리는 사람의 간장을 다 녹이고, 전에 보던 좌우의 푸른 산이 대장부의 한심을 돋우었다. 유 원수는 어머니를 생각하며 백사장에 내려앉아 가슴을 두드렸다. 어머니의 사연을 자세하게 기록하고 제물을 장만하여 제사를 지내려 변양 회수로 들어갔다. 남쪽 오랑캐 다섯 나라에서 받은 금은과 비단을 싣고, 옥문관에 두고 갔던 군사들과 호국에서 데려오는 미녀들, 멀리서부터 강 승상을 모시고 옥가마를 타고 오는 조 낭자와 함께 군마를 다섯 줄로 늘어세우고 행군해 변양성 안으로 들어갔다. 그 영화와 그 거동은 옛날 전국 시대 때 여섯 나라의 정승이 되어 말에 온갖 물건을 잔뜩 싣고서 낙양성 안으로 들어가는 소진과도 같고, 당나라 때 안녹산의 난을 평정하고 분양 땅의 왕이 되어 고향으로 돌아가는 곽분양과도 같았다. 각 도의 백성들은 유 원수의 앞뒤를 에워싸고, 모든 고을의 수령은 좌우에 늘어서 있는데, 행차를 알리는 소리가 하늘 높이 울려 퍼지고 군사들이 행진하며 외치는 소리가 진동했다.

유 원수는 객사에 자리를 잡고 변양 태수를 급히 불러 천금을 내어 주며 제물을 장만하게 했다. 회수 가 십 리 백사장에 희고 푸른 장막을 둘러치고 각 고을의 수령들을 늘어서게 하고, 온갖 생선과 고기, 채소 등을 제물로 차려 놓았다. 유 원수는 흰옷에 흰 두건, 흰 띠와 흰 갓을 갖추어 입고 축문 한 장을 슬프게 지어 들고 회수 가로 나갔다. 조 낭자 또한 깨끗이 목욕재계하고 소복을 입고 향로를 들고 유 원수를 모시고 물가로 나갔다. 남경 도원수 유충렬이 회수에 빠져 죽은 어머니를 위해 제사를 지낸다는 말을 듣고는 남녀노소 없이 유 원수의 공덕을 칭송하며, 그 얼굴을 보려고 쌍쌍이 짝을 지어 회수 가 십 리 뜰에 빈틈없이 둘러서서 구경했다. 유 원수는 삼 층으로 높이 쌓은 제단 위에 제물을 차려 놓고, 조 낭자는 향로를 들어 제단 위에 올려놓은 뒤, 조 낭자가 제사를 진행하는 집사가 되어 분향하고 나오니, 유 원수가 통곡하면서 무릎을 꿇고 축문을 읽었다.

유세차, 북경 17년 갑자 2월 28일에 남경 동성문 안에 사는 불효자 유충렬은 어머님 장씨 전에 예를 갖추어 지전으로 바다를 떠도는 외로운 혼을 위로하오

• **지전**(紙錢) 돈 모양으로 오린 종이. 죽은 사람이 저승 가는 길에 노자로 쓰라는 뜻으로 관 속에 넣는다.

니, 혼백은 받으소서. 오호라! 우리 부모 나이가 인생의 반이 넘도록 자식 하나 없어, 뱃속까지 사무치는 서러운 마음으로 남악산에 정성으로 빌어, 하늘의 도우심을 받아 충렬을 낳아 애지중지 키워 영화를 보려고 했더니, 간신의 모함으로 아버님이 만 리 밖 연경으로 귀양을 갔도다. 어머님만 모시고 있다가 화를 피해 달아나 이 물가에 다다르니 난데없는 강가의 도적이 사방으로 달려들어 우리 어머니를 결박하여 풍랑 속에 놓으니, 어머님은 간데없고 하늘의 도움으로 모진 목숨 충렬이만 살아났도다. 어머님이 주신 옥함을 얻어 싸움터에서 쓸 기구를 갖추어서 도적을 몰살하고, 정한담과 최일귀를 벤 뒤에 천자를 구하고, 만 리 밖 연경에 귀양 가신 아버님을 모셔 와 폐하의 은덕을 입어 연왕이 되어서 많은 녹봉을 받게 되었도다. 남적을 소멸한 뒤에 강 승상을 살려내어 이 길로 오다가 어머님을 생각하여 이곳에 왔사오나 어머님은 어디를 가셨기에 충렬이 온 줄을 모르시는가. 호국으로 갔던 아버님도 살아오고, 옥문관으로 갔던 강 승상도 살아오고, 호국에 잡혀갔던 고국 사람들도 살아오고, 번국에 잡혀갔던 황후와 태후의 귀하신 몸도 충렬이가 살려 왔는데 어머님은 어디로 가서 살아올 줄 모르시는가. 이번에 아버님이 소자를 보내시면서, 변양 땅에 가 네 어머님을 찾아오라 부탁하셨는데, 만경창파 깊은 물에서 어찌 백골인들 찾으리까. 어머님이 옥함을 주실 때 수건에 쓴 글씨를 가져왔으니, 혼백이나 와서 충렬을 만져 보시오. 충렬은 명나라 대사마 도원수 겸 승상 위국공이 되고, 아버님은 금자광록대부 겸 대승상 연국공에 연왕이 되셨는데, 어디로 가셔서 이 같은 영화를 모르시는. 우리 집에 불을 놓은 정한담을 사로잡아 감옥에 가두었다가 아버님을 모셔 온 뒤에 아버님 앞에 엎드리게 하고 모든 죄를 물은 뒤에 그놈의 간을 내어 어머님 전에 제사를 지냈는데, 그런 줄이나 알고 계시는가. 충렬이 귀하게 된 줄을 어머님 혼령은 알련마는 언제 다시 만나 볼까. 세상에 나같이 귀한 영화를 누리는 이가 없건마는 피눈물이 솟아

나는 어찌 된 일인가. 어머님을 편히 모셔 늙어서 돌아가셨으면 이다지 원통할까. 만 리 밖 연경에서 남편을 잃고, 끝없이 넓은 바다에서 자식을 잃고, 도적에게 결박당해 물속의 외로운 혼이 되었으니, 천만 년이 지나간들 어머님같이 원통할까. 혼령이 나오셨거든 이렇듯 장만한 진수성찬을 흠향하고 돌아가서 다음 세상에 다시 만나 영원토록 모자가 되어 다하지 못한 모자의 정을 다시 나누기 바라나이다. 드릴 말씀은 끝이 없으나 눈물이 흘러 옷이 젖고 가슴이 답답하여 이만 그치나이다. 상향.

유 원수가 우는 소리가 용궁에 사무쳐 용신도 눈물을 흘리고, 산천이 슬픔에 젖으니 산신령도 눈물을 머금었다. 흰 장막 둘러친 안팎에서 구경하는 사람들도 유 원수가 축문 읽으며 우는 소리를 듣고 울지 않는 사람이 없었다. 철석간장 아니거든 누군들 눈물 흘리지 않으며, 초목금수 아니거든 어느 누가 울지 않으리오. 곁에 있던 온 고을의 수령들도 서로 보고 슬피 울며 눈물을 흘렸다. 그중에도 홀아비와 과부, 고아와 자식 없는 늙은이 등 서러운 사람은 목을 놓아 통곡하니, 그 소리에 강물과 냇물이 시름에 잠기고 해와 달이 빛을 잃었는데, 안개가 자욱하게 껴 천지가 흐느끼는 듯했다.

유 원수는 제사를 끝낸 뒤에 온갖 음식을 많이 싸서 바다에 흩뿌리

• **상향**(尙饗) '적지만 흠향하옵소서.' 하는 뜻으로, 축문의 맨 끝에 쓰는 말.
• **철석간장**(鐵石肝腸) 굳센 의지나 지조가 있는 마음.
• **초목금수**(草木禽獸) 풀과 나무와 날짐승과 길짐승을 아울러 이르는 말로, 온갖 생물을 이른다.

고, 성안으로 들어와 군사들을 잘 먹인 뒤 길을 떠났다. 각 고을에 먼저 행차를 알리는 문서를 보내고 출발해 금릉성에 이르러 숙소를 정하고 군사를 쉬게 했다.

각설, 장 부인은 활인동의 이 처사 집에서 세월을 보내고 있었다. 하루는 남경에 난리가 났다는 말을 듣고 한탄하며 말했다.

"어쩔 수 없구나. 이제는 주부께서 속절없이 죽겠구나. 우리 충렬이가 살았으면 난리를 평정하고 부모를 찾으련마는, 죽은 것이 분명하구나."

마침 이 처사가 변양에 갔다가 명나라 도원수 유충렬이 회수에서 어머니 제사를 지낸다는 말을 듣고 여러 사람 틈에 끼어서 함께 구경하다가 유 원수가 축문 읽는 소리를 듣고 매우 놀라면서도 기뻐하며 급히 돌아와 장 부인에게 말했다.

"세상에 기이하고 의심스러운 일이 있습니다. 오늘 변양에 갔다가 오는데, 남쪽 큰길에서 말을 탄 수많은 군사가 들어오며 회수 가에 모였습니다. 사람들에게 물으니 남경 도원수 유충렬이 어머니를 위해 회수서 제사를 지낸다고 했습니다. 해서 그들과 함께 구경하는데, 유 원수가 흰옷을 입고 흰 관을 쓰고 제물을 차려 놓고 축문을 읽으며 통곡하는 소리를 들으니, 틀림없는 부인의 아들이었습니다. 부인이 항상 하시던 말씀을 낱낱이 말하더이다."

장 부인이 이 말을 듣고 머리를 흩뜨리고 땅을 두드리며 말했다.

"이게 웬 말이냐? 원수가 하던 말을 다시 해 보시게."

"앞뒤 이야기가 이러이러하더이다."

장 부인이 이 말을 듣고 벌떡 일어서며 말했다.

"어서 가세. 내 아들 충렬이 살아왔네. 옥함을 받았다는 말이 웬 말인가?"

장 부인이 통곡하며 가려고 하자 이 처사가 만류했다.

"내가 먼저 그 사실 여부를 알아 오리이다."

"원수의 나이는 얼마나 되며 저의 외가는 뉘 집이라 하던가?"

"나이는 이십이요, 외가는 이부 상서 장윤이라 하더이다."

"틀림없도다. 내 아들이 아니면 어찌 내 부친의 존함을 알리오? 빨리 가서 알아 오소."

이 처사는 엎어지고 자빠지며 황급히 금릉성 안으로 달려가 군사를 불러 이름을 알렸다.

"만수산 활인동에 사는 이 처사가 원수를 뵙고자 하나이다."

유 원수가 들어오라고 하니, 이 처사가 들어가 절을 하고 앉은 뒤에 공덕을 칭송하니 유 원수가 사양하면서 말했다.

"모든 것이 폐하의 은덕이니 제게 무슨 공이 있사오리까? 제게 무슨 허물이 있어 이 누추한 곳에 오셨습니까?"

"분명하게 알고자 하는 일이 있어 왔습니다. 어제 회수 가에서 상공이 읽은 축문의 말씀이 분명 그러하옵니까?"

유 원수가 이 말을 듣더니 마음이 저절로 슬퍼져 눈물을 흘리며 말했다.

"어찌하여 묻습니까? 분명 그러하옵니다."

"틀림없이 그러하다면 참으로 만고에 드문 일입니다. 유 주부를 모셔 왔다고 하셨는데, 유 주부는 나의 처삼촌입니다. 전에 그런 말씀을 들었습니까?"

유 원수가 크게 놀라며 말했다.

"돌아가신 분의 존엄한 이름을 부르기 미안하나, 예전의 한림 학사 이인학과는 어떻게 되십니까?"

"나의 아버님이십니다."

유 원수가 이 말을 듣고는 이 처사의 손을 잡고 말했다.

"형님을 이곳에 와서 만나 볼 줄 꿈에서도 생각지 못했습니다."

이 처사도 그제서야 감격해 아무런 생각이 없다가 유 원수를 붙들고 슬픔에 젖어 말했다.

"어머님을 지척에 두고 어찌 찾을 줄을 모르는가?"

유 원수가 이 말을 듣고 정신이 아득했다가 겨우 진정한 뒤에 이 처사를 붙들고 말했다.

"이게 웬 말입니까? 나의 어머님이 이 근처에 있단 말이 무슨 말씀이십니까?"

이 처사는 유 원수를 위로해 정신을 차리게 한 뒤에 말했다.

"이런 일이 이 세상에 또 있을 수 있겠는가? 나를 따라가면 어머니를 만나리라."

유 원수는 마음이 허공에 떠서 이 처사를 따라 황급히 달려가서 순식간에 이 처사 집에 도착했다. 이 처사가 급히 들어가며 장 부인을 불러 말했다.

"처숙모는 어디 계십니까? 충렬이를 데려왔나이다."

장 부인은 이 처사를 보내 놓고 소식을 알아 오기를 마음 가득히 기대하고 있던 차에 충렬을 데려왔다는 말을 듣고는 크게 놀라서 기절했다. 충렬이 달려들어 문 앞에 엎드리니, 장 부인은 이 처사의 구완으로 정신을 차린 뒤에 미친 듯 취한 듯이 말했다.

"네가 귀신이냐, 내 아들 충렬이냐? 내 아들 충렬은 회수에서 틀림없이 죽었는데 어떻게 살아올 수 있느냐? 내 아들 충렬은 등에 삼태성이 표적으로 박혀 있느니라."

유 원수가 급히 옷을 벗고 곁에 앉으니, 과연 등에 삼태성이 뚜렷이 박혀 있고 금으로 새긴 글자가 어제 본 듯이 뚜렷했다. 서로 붙들고 목 놓아 통곡하는데, 그 정이 만리 호국에서 아버지를 만날 때보다 두 배나 더했다.

뜻밖에 모자가 서로 다시 만났으니, 반갑고 슬픈 정을 어찌 한 입으로 다 말할 수 있으리오. 장 부인이 말하면 충렬이 울고, 충렬이 말하면 장 부인이 우니, 푸른 하늘의 해와 달이 빛을 잃고 산천초목도 슬퍼하는 듯했다.

강 승상과 조 낭자가 이 말을 듣고 옥가마를 가지고 활인동에 들어가 장 부인에게 인사한 뒤에 모시고 성안으로 들어왔다. 이를 구경하는 여인들이 옥가마를 잡고 부인에게 수도 없이 축하를 해 주었다. 장 부인의 덕을 칭송하는 소리에 산신령도 춤을 추고 강산도 즐거워했다. 성안에 들어와 며칠을 즐기고 난 뒤, 활인동 입구에 세 길 높이의 비석을 세워 전후의 일을 자세히 기록하고는 이 처사의 식구들을 모두 거느리고 황성으로 길을 떠났다.

서천 36도의 사신과 남쪽 오랑캐 다섯 나라에서 바친 금은과 아름

다운 비단 만여 필을 앞세우고, 남경 사람들과 군사들이 좌우에 나열하고, 각 고을의 수령들이 앞뒤로 호위했으며, 구경하는 사람들까지 백 리로 늘어섰으니, 이러한 화려하고 웅장한 행차는 전에 볼 수 없던 것이었다.

절개를 지키던 강 낭자를 구하다

어머니와 강 승상을 모시고 길을 떠나 영릉을 바라보고 행군해 올라 갈 때, 유 원수의 마음은 한편으로는 기쁘고 한편으로는 슬퍼 한숨이 절로 났다. 물속에서 죽은 줄 알았던 부모를 다시 만났으나, 강 낭자는 어디 가서 만날 것인가. 어머니를 보고 강 승상을 보니 남쪽 집에서는 노래하고 북쪽 집에서는 근심하는 격이었다. 어머니는 옥가마 안에서 기쁜 기색이 가득해 수많은 근심을 벗어나 있고, 강 승상은 수레 위에서 한편으로는 기뻐하면서도 딸을 생각하고는 슬픔에 젖어 얼굴에 슬픔이 가득했다.

유 원수 일행이 영릉으로 들어오니, 이때는 춘삼월이었다. 하늘과 땅의 기운이 서로 합쳐져서 산에 가득하게 핀 울긋불긋한 꽃들은 온갖 풀과 일 년에 한 번 다시 만나 봄 경치를 다툰다. 제비는 지저귀며

인가를 찾아들고 호랑나비는 훨훨 날아 꽃 사이로 날아들고, 나무마다 숲을 이루어 가지가지 봄빛이다. 태평성대를 만난 백성, 청춘의 소년과 아리따운 얼굴의 여인은 쌍쌍이 짝을 짓고, 삼삼오오 떼를 지어 답청하는 사람들은 살구꽃, 복숭아꽃 꺾어 들고 화전을 부치며 즐거워하다가, 봄 경치를 못 이겨 쌍을 지어 마주 보고 춤을 추며 노래하면서 유 원수의 은덕을 칭송하니, 그 노래 즐겁도다.

하늘의 운수가 순환하여 명나라가 밝았으니

만고에 어진 영웅 뉘 집에 났단 말인가

동성문 다리 안에 유 상공의 집이로다

역적이 때 모르고 뽕나무 활을 매니

유 원수 지닌 칼이 온 세상에 밝았도다

승전곡 한 소리에 도적이 함몰하여 천하가 태평하니

호국에 죽은 임금과 어버이 고향에 살아오고

여염에 있는 처자 부모 함께 동락하니

우리 임금 덕이 높아 봄빛이 물든 좋은 시절에 온갖 꽃이 활짝 피었으니

화전하는 백성들이 뉘 아니 덕을 칭송하리

우리 유 원수 부모를 만났으니 아들딸 많이 낳으소서.

• **답청**(踏靑) 봄에 파랗게 난 풀을 밟으며 산책함. 또는 그런 산책.
• **화전**(花煎) 찹쌀가루를 반죽해 진달래나 개나리 등의 꽃잎이나 대추를 붙여서 기름에 지진 떡.
• **뽕나무~매니** '상봉지지(桑蓬之志)'에서 온 말. 남자가 큰 뜻을 품고 성공한다는 뜻으로, 옛날 중국에서는 남자아이를 낳으면 뽕나무로 만든 활로 쑥대로 만든 화살을 쏘아서 성공을 기원했다 한다.

유 원수는 강 낭자를 생각하면서 영릉성 안으로 들어갔다. 이 영릉 땅은 강 승상의 고향 땅이니, 그 슬픈 마음을 어찌 다 헤아리겠는가. 객사에 숙소를 정하고 월계촌 소식을 알고자 사오 일을 계속 머물렀다.

각설, 강 낭자는 어머니와 함께 도망해 청수 가에 와서 어머니는 청수에 빠져 죽고, 자신은 영릉 고을 관비에게 잡혀와 있었다. 천한 노비가 하는 일이 옛날과 지금이 다르겠는가. 관비는 낭자를 온갖 방법으로 타일러 태수에게 수청을 들게 하려고 수양딸을 삼은 뒤에 수없이 절개를 꺾으려 했다. 그러나 눈과 얼음같이 맑은 절개가 한순간에 변하며, 해와 달같이 밝은 마음이 어려움이 닥친다고 변하겠는가. 이 꾀로 피하고 저 꾀로 피하다가, 고을 원에게 욕도 보고 관비에게 매도 많이 맞으니, 가련한 그 모습은 차마 눈 뜨고 보기 어려웠다.

관비에게 딸 하나가 있었는데, 제 몸은 미천하나 마음은 어질어 매일 강 낭자를 불쌍하게 여기고 그 절개를 칭찬했다. 제 어미를 말리고, 낭자를 대신해 매번 몸을 바꿔 제가 수청하고 낭자를 구했다.

유 원수가 동헌에 자리를 잡고 사오 일 머무르니 관비가 생각하기를,

'유 원수는 호걸이요 강 낭자는 미인이라. 이런 기회에 수청을 들게 하면 원수가 혹한 마음에 천만 냥인들 아낄쏘냐.'

하고 급히 들어가 행수를 찾아뵙고는, 이날 밤에 강 낭자를 보내겠다고 했다. 그의 딸 연심이 이를 알아채고 낭자에게 말했다.

"오늘 밤에 변을 당할 것이나 그대는 사양하지 말고 들어가라. 그러면 내가 길 중간에 있다가 대신 들어갈 것이니, 그리 알고 있으라."

과연 그날 밤에 관비가 강 낭자를 데리고 구경 가자고 하며 동헌으

로 가니, 낭자가 웃으며 말했다.

"이제는 염려 말고 나가시오. 원수의 수청을 어찌 사양하리오."

관비가 매우 기뻐하며 말했다.

"네 몸이 과연 높도다. 이 고을 관장이 수없이 갈렸으나 끝내 허락하지 않더니, 남경 대사마 도원수 겸 대승상 위국공의 수청은 사양하지 않으니 인물이 잘나고 볼 일이다. 마음도 높고 소원도 높구나. 나도 젊었을 때는, 월계촌 강 승상이 하남 절도사로 와 계실 때 가장 아름다운 계집 삼백여 명 중에서 나 혼자 수청 들어 금은보화를 많이 받았도다. 세월이 원수로다."

관비가 비아냥거리고 나가자, 연심은 낭자를 내보내고 제가 대신 들어갔다. 유 원수는 등불을 밝히고 강 낭자를 생각하며 비단 주머니를 끌러 낭자의 글을 보고 있었다. 한 글자 한 글자를 볼 때마다 눈물이 솟아나고 한숨이 절로 났다.

'깊은 밤 밝은 달이 꽃가지를 비추는 듯, 빈 산의 두견새야 울지 마라. 너는 누구를 생각하여 장부의 간장을 다 녹이냐. 낭자는 어디 가고 속절없는 글 두 구만 비단 주머니 속에 들었느냐. '여관의 쓸쓸한 등불 밑에서 홀로 잠을 이루지 못하는데 나그네 마음은 무슨 일로 구슬픈가.' 하는 시구는 나를 두고 말한 것이고, '해는 장사 땅으로 지고

• **동헌**(東軒) 지방 관아에서 고을 원이나 감사, 병사, 수사 등 수령들이 일을 처리하던 중심 건물.
• **행수**(行首) 한 무리의 우두머리.
• **여관의~구슬픈가** 당나라 때 시인 고적이 지은 시의 일부.

가을빛은 먼데 어느 곳에서 상국을 조문할지 알 수 없구나.' 하는 시구는 낭자를 만나 볼 수 없음을 말하는구나. 옛날 사마장경은 초년에 곤궁하다가 문장과 부귀를 아울러 갖추어 고향으로 돌아오니, 그 아내 탁문군이 급히 문밖으로 나와 손을 잡고 들어갔다 하고, 낙양 땅에 소진도 해어져서 누덕누덕 기운 옷을 입을 정도로 가난하게 지내다가 여섯 나라의 정승이 되어 고향에 돌아오니, 아내가 엎어질 듯 뛰어나와 인도하여 들어갔다고 하는데, 유충렬은 어려서 부모를 잃고 죽을 뻔하다가 간신히 살아나서 도원수 대승상이 되었고 만리타국에 가 싸움에 이기고 죽은 부모를 살려 내어 고향에 돌아온들, 청수에서 죽은 낭자가 어떻게 와서 맞이할 것인가? 머리가 하얗게 센 강 승상을 무엇이라고 위로할 것인가?'

이렇듯이 한탄하면서 그 밤을 지내고 있었다.

강 낭자는 연심을 대신 보내고 침실로 돌아와 유 원수를 생각하며 한탄하고 잠 못 이루고 생각하기를,

'세상에 이상한 일도 있구나. 유 원수의 성명을 들으니 내 낭군과 성도 같고 이름도 같도다. 낭군이 틀림없다면 반드시 월계촌으로 들어가서 우리 집 소식을 물으련만 월계촌에는 가지 않으니 답답하고 원통하다. 연심이 나오면 사실을 알아보리라.'

하며 근심에 싸여 잠을 이루지 못하고 비단 주머니를 끌러 낭군이 준 글을 보는데. 한 글자 한글자 볼 때마다 눈물을 흘리며 생각했다.

'죽어 저승에서 만나자고 말씀하시더니, 모진 내 목숨은 살아나고 낭군은 죽었도다. 살아 있기만 하다면 명나라의 도원수가 될 이는 내

낭군밖에 없는데, 몰라보니 답답하다.'

이튿날 연심이 나오다가 제 어미를 만나니, 관비가 낌새를 채고 몹시 화가 나 낭자와 연심을 죽이려고 유 원수에게 급히 들어가 아뢰었다.

"소인의 딸이 얼굴이 매우 아름다울 뿐만 아니라 고운 태도도 갖추고 있어 상공께 수청을 들였더니, 제 몸은 피하고 다른 년을 대신 들여보냈습니다. 두 년의 죄를 물으시옵소서."

유 원수가 몹시 화가 나서 대신 수청을 든 계집을 잡아들이라고 했다. 연심이 잡혀 들어가 계단 아래에 엎드리니, 유 원수가 물었다.

"너는 무슨 욕심으로 남을 대신하기를 잘하느냐? 죽을 때도 대신할 것이냐?"

"소녀가 비록 천한 종년이오나 평소에 절개를 지키는 사람을 불쌍히 여기고 있습니다. 몇 년 전에 제 어미가 바깥 마을에 갔다가 어떤 여자를 데려와 수양딸로 삼고 수령이 새로 부임하는 고을마다 수청을 들게 했습니다. 그 여자의 굳은 절개가 맑은 하늘에 떠 있는 해와 달 같고, 추운 겨울밤을 밝히는 촛불 같아 변할 길이 없는 까닭에 소녀가 매번 대신하였습니다. 마침 상공께서 행차하심에 그 여자를 구하고자 대신 왔사오니 죄를 주옵소서."

유 원수는 이 말을 듣고 마음이 저절로 슬퍼지면서 한편으로 의심

● **해는~없구나** 당나라의 시인 이백이 지은 시의 일부.
● **사마장경**(司馬長卿) 한나라의 문인 사마상여. 탁문군과 인연을 맺었다.
● **탁문군**(卓文君) 한나라의 여류 문학가. 부자인 탁왕산의 딸로 가난한 사마상여를 사랑해 집안의 반대를 무릅쓰고 도망가서 사마상여와 결혼했다.

이 들어 물었다.

"그 여자의 성명이 무엇이며, 절개가 있다 하니 뉘 집 여자냐?"

"소녀가 그 여자와 사오 년을 같이 살았으나, 끝내 성명을 모른다 하고, 뉘 집 자식이란 말도 하지 않았습니다."

유 원수가 이상하게 여겨 말했다.

"틀림없이 그러하다면 빨리 데려오라."

이때 강 낭자는 연심이 잡혀갔다는 말을 듣고 신세를 한탄하고 있었다. 뜻밖에 관비 십여 명이 나와서 강 낭자를 잡아다가 계단 아래에 무릎을 꿇렸다. 유 원수가 창문을 열고 낭자의 얼굴을 보니 어디서 본 듯했다. 마음이 슬퍼져 다시 자세히 보니 입은 옷은 남루하나 기생이 될 마음을 먹을 사람이 아니요, 천한 사람의 자식이라는 것이 아까웠다. 유 원수가 소리를 나직이 해 낭자에게 말했다.

"거동을 보니 천한 사람의 자식이 아니로다. 수절을 한다는 말을 들었는데, 낭자는 누구이며 뉘 집 자손으로 어린 나이에 수절을 하며, 무슨 일로 관비의 양녀가 되었는가? 조금도 속이지 말고 나에게 말하라. 내가 알아볼 일이 있느니라. 자세히 말하라."

강 낭자가 계단 아래 엎드려 원수의 말을 들으니, 이별할 때 하직하고 가던 낭군의 목소리가 두 귀에 쟁쟁해 조금도 다르지 않았다. 예전에는 도망해 왔기에 성명과 사는 곳을 속였으나 마음이 저절로 슬퍼져 진정으로 여쭈었다.

"소녀는 다른 사람이 아니라 이 고을 월계촌에 사는 강 승상의 무남독녀이옵니다. 아버님이 만 리 밖 연경으로 귀양을 간 유 주부를 위하

여 상소하였는데, 만고역적 정한담이 충신을 모함하여 아버님을 옥문
관으로 귀양 보내고, 금부 도사를 보내 소녀의 모녀를 잡아 관청의 노
비로 삼으려 했습니다. 그날 밤에 청수로 도망하여 어머님은 물에 빠
져 죽고, 소녀도 죽으려 했으나 영릉의 관비가 바깥 마을에 갔다 오는
길에 저를 데리고 왔습니다. 관비가 수없이 험악하게 굴었으나 연심의
도움으로 이때까지 살았습니다. 오늘 이 말을 원수 앞에 고하였으니,
소녀는 이제 자결코자 하옵니다.”

유 원수가 이 말을 듣고 당에 뛰어 내려서며,

“이게 웬 말인가?”

하고는 영릉 태수를 급히 불러서 강 승상을 모시고 오라 했다.

강 승상은 딸을 생각하며 잠을 못 이루다가 몸이 피곤해 졸던 중에
뜻밖에 유 원수가 부른다는 말을 듣고 놀라서 들어가니 유 원수가 말
했다.

“강 낭자가 살아왔습니다.”

강 승상이 이 말을 듣더니 정신이 아득하여 천지가 캄캄해졌다. 유
원수가 이별할 때 주고받았던 신표를 내어놓고 자세히 살펴보니 조금
도 의심할 바가 없었다.

강 승상이 낭자의 목을 끌어안고 구르며 말했다.

“내 딸 경화야! 청수에서 죽었다더니 혼백이 살아왔느냐? 꿈이냐
생시냐? 너의 낭군 유충렬이 왔다는 소식을 듣고 찾아왔느냐? 우리
집이 연못이 되어 푸른 버드나무 가지만 빈터에 남았으니 이 슬픈 마
음을 어찌 다 진정하리오?”

이때 장 부인이 동헌 안채에 있다가 이 기별을 듣고 급히 나오니, 강 낭자가 고부의 예로 문안을 드렸다. 강 낭자가 살아난 이야기를 자세히 말하니, 장 부인이 손을 잡고 말했다.

"세상 사람이 고생이 많다고 하나 우리 고부 같겠는가."

한편, 관비는 혼백이 하늘로 올라가고 간장이 녹아내리는 듯했다. 유 원수가 동헌에 높이 앉아 관비를 잡아들여 죄를 물었다.

"너 같은 천한 기생 년이 사람을 어찌 알아보겠느냐? 너를 죽여야 마땅하나 청수에 가서 낭자를 구한 일이 있기에 용서해 주니 낭자의 은덕인 줄 알라."

연심을 불러 무수히 사례하고 보내려 하니, 강 낭자가 곁에 앉아 있다가 말했다.

"연심은 나의 백 년의 은인입니다. 일시적인 사례만 할 것이 아니라 평생을 함께 지내고자 하니 황성으로 데려가십시다."

유 원수가 그 말을 옳게 여겨 연심을 불러 말했다.

"부인을 착실히 모셔라."

이 말을 듣고 연심이 황공해 했다.

유 원수는 전후의 사연을 낱낱이 기록해 천자에게 올리고 길을 떠났다. 강 낭자와 조 낭자는 옥가마를 타고 금덩을 탄 장 부인을 좌우에서 모시고, 수레를 탄 강 승상은 다섯 나라 사신이 모셨다. 유 원수는 일광주를 쓰고 용린갑을 입고 장성검을 높이 들고 천사마 위에 높

• 금덩 황금으로 호화롭게 장식한 가마.

이 앉아 행군해 천천히 나오니, 그 거동과 영화는 예전에 볼 수 없는 것이었다.

계양역을 지나 청수 물가에 다다랐는데, 소 부인이 죽은 곳이었다. 유 원수가 강 승상을 위해 급히 영릉 태수를 불러 제물을 장만하게 했다. 강 승상을 제주로 삼고, 조 낭자는 집사가 되고, 유 원수는 축관이 되어 축문을 읽으며 통곡하니, 그 말이 회수에서 어머니에게 제사를 지낼 때와 다름없었다.

제사를 다 지낸 뒤에 행군해 황성으로 향했다. 천자와 황태후, 연왕과 조정의 신하들은 충렬을 가달국에 보내 놓고 장 부인 찾아오기를 바라면서 밤낮으로 한탄하며 지냈다. 뜻밖에 유 원수가 올린 글을 보고 즐거운 마음을 헤아릴 수가 없었다. 황성 안의 백성들도 이 말을 듣고 각각 자식을 만나 보려고 다투어 나왔다.

● 축관(祝官) 제사 때에 축문을 읽는 사람.

장 부인과 강 낭자를 황성으로 데려오다

천자와 태후와 연왕이 백 리 밖에 나와 유 원수를 맞이하며 행차를
보는데, 다섯 나라 사신이 선봉이 되고 서천 36도와 남쪽 오랑캐 다
섯 나라에서 보낸 금은과 비단, 미녀 들이 차례로 말을 타고 줄줄이
들어왔다. 그 가운데로는 장 부인이 탄 금덩이 들어오고, 왼쪽에는 강
낭자, 오른쪽에는 조 낭자가 들어왔다. 좌우에 푸른 깃발이 늘어져 있
고, 수놓은 비단으로 만든 양산대는 하늘 높이 솟아 있었다. 강 승상
은 수레 위에 높이 앉아 있고, 군사들이 앞뒤를 호위하며 뒤를 따르
고 있었다. 붉은 깃털이 달린 사명기는 한가운데 세우고, 용과 봉황이
그려진 대장기와 수많은 깃발과 창검을 든 삼천 병마가 앞뒤로 대열을
이루고 승전고를 울리면서 들어오니 산천이 진동했다. 도원수는 일광
주를 쓰고 용린갑을 입고 장성검을 높이 들고 천사마를 비껴 타고, 누

195

런 용의 수염을 드리우고 봉황의 눈을 반만 뜬 채 군사를 재촉하니, 웅장한 거동은 일대 장관이요, 후세에 길이 전해질 만한 귀감이었다.

황성의 백성은 남적에게 잡혀갔던 며느리며 딸이며 동생들이 본국으로 돌아온다는 말을 듣고, 십 리나 되는 호산대 뜰에 빈틈없이 마중 나와서 서로 손과 옷을 부여잡고 그리던 마음을 못내 즐거워했다. 울음소리와 웃음소리가 허공에 뒤섞여 호산대가 떠나갈 듯했으며, 유 원수와 장 부인을 칭송하는 소리 또한 요란했다. 금산성 아래에 다다르니 천자와 황태후가 옥련에서 급히 내려 장막 밖으로 나왔다. 유 원수가 갑옷과 투구를 갖추고 군사의 예로 인사를 올리니, 천자와 태후가 유 원수의 손을 잡고 치하했다.

"과인의 수족을 만리타국에 보내고 밤낮으로 염려했는데, 이렇듯 무사히 돌아오니 즐거운 마음을 어찌 다 말로 하겠는가? 회수에서 죽었던 모친을 데려온다 하니 이는 만고에 없는 일이며, 옥문관의 강 승상과 청수에서 죽었던 강 낭자를 살려 오니 오랜 세월에 드문 일이다. 그대의 은혜는 죽어도 잊기 어렵도다. 그 말을 어찌 다 하리오?"

이렇게 유 원수를 치하한 뒤에 강 승상을 부르니, 승상이 바삐 들어와 앞에 엎드렸다.

천자가 내려와 강 승상의 손을 잡고 위로하며 말했다.

"과인이 현명하지 못해 역적의 말을 듣고 충신을 먼 곳으로 귀양 보냈으니, 무슨 면목으로 경을 대면하리오? 그러나 이미 지나간 일이니 잘잘못을 따지지 말기 바라오."

황태후가 강 승상을 보고 하는 말을 어찌 말로 다 표현할 수 있으리오. 연왕은 다른 곳에 있다가 장 부인이 금덩을 타고 오는 것을 보고 마음이 공중에 붕 떠서 충렬이 나오기를 고대했다. 유 원수는 천자께 물러 나와 부왕 앞에 엎드려 아뢰었다.

"불효자 충렬이 남쪽 오랑캐를 물리치고 돌아오는 길에 회수에 당도해 제사를 지내다가 하늘의 도움으로 어머니를 만나 모시고 왔습니다."

연왕이 반가움을 이기지 못하고 물었다.

"너의 어머니가 어디 오느냐?"

장 부인이 장막 밖에 있다가 연왕의 말소리를 듣고는 반가운 마음을 어찌할 수 없어 미친 듯 취한 듯 정신없이 들어가니, 연왕이 부인을 붙들고 말했다.

"그대가 분명 장 상서의 따님인가? 멀고 먼 황천길 갔던 사람도 살아오는 법이 있는가? 회수의 넓은 물속에 빠져 백골이 되었을 때 어떤 사람이 살려 왔는가? 뉘 집 자손이 모셔 왔는가? 충렬아! 네가 분명 살려 왔느냐?"

북방 천리만리 호국에 잡혀가 죽게 되었던 유심이 회수에서 십 년 전에 잃은 장씨를 다시 만나고, 일곱 살 난 자식을 환란 중에 잃었다가 이렇게 다시 만나 영화를 볼 줄을 꿈에라도 생각했겠는가.

장 부인이 석장동 마철의 집에 잡혀갔던 일이며, 옥함을 가지고 밤중에 도망해 노파의 집에서 화를 당했던 일이며, 옥함을 물에 넣고 죽

• **옥련**(玉輦) 임금이 거둥할 때 타고 다니던 가마. 옥개(屋蓋)에 붉은 칠을 하고 황금으로 장식했으며, 둥근 기둥 네 개로 작은 집을 지어 올려놓고 사방에 붉은 난간을 달았다.

으려 하다가 활인동 이 처사에 의해 살아난 일 등을 낱낱이 이야기하며 즐거워하니, 그 마음을 어찌 헤아릴 수 있으리오.

유 원수가 곁에 앉아 있다가 말했다.

"소자가 가달국에 갔을 때 적진의 선봉인 마철 삼 형제를 한칼에 베어 어머니의 원수를 갚았습니다."

이 말에 연왕과 장 부인이 못내 즐거워했다.

천자를 모시고 성안으로 들어오니 조정의 모든 신하가 자식을 만나게 된 것을 치하하며 인사를 하니, 그 말을 어찌 다 기록하겠는가.

황후와 태후가 강 낭자를 들어오게 해 그동안의 일을 낱낱이 물으니, 장 부인과 강 낭자가 고생한 말을 낱낱이 하고, 서로 울며 치하하기를 그치지 않았다.

유 원수는 천자와 부왕을 모셔 황극전에 자리를 잡게 하고는 다섯 나라 사신의 인사를 받고 그 죄를 물었다. 그런 뒤에 옥관 도사를 잡아들여 계단 아래에 무릎을 꿇게 하고 죄를 물었다.

"간사한 도사 놈아! 네가 천지조화의 술법을 정한담에게 가르치더니, 신기한 영웅이 황성 안에 있는 줄은 알고 광덕산에서 살아서 너 죽일 줄은 몰랐느냐? 네가 전에 정한담에게 말하기를, '천 년 만에 한 번 온 기회이니 급히 공격하여 때를 잃지 말라.'고 했다는데, 어찌 조그만 유충렬을 못 잡아서 너희 놈들이 먼저 다 죽게 되었느냐?"

"싸움에 패배한 장수는 용맹을 말할 수 없는 것이니, 무슨 말을 하겠습니까? 이는 모두 하늘의 뜻입니다. 소인이 신기한 술법을 배워 전장에 나올 때, 사해의 신장과 명나라 강산의 신령, 온갖 귀신과 도깨

비, 물고기 머리에 귀신 얼굴을 한 귀졸 등 천지가 만들어진 이후의 모든 신장과 귀신을 다 불러내어 나를 따르게 했습니다. 하늘로 오르고 땅으로 들어가고 산을 만들고 바다를 만드는 등의 무궁한 조화를 부리기도 했습니다. 그중에 유독 서해 광덕산 백룡사에 있는 노승과 남악 형산 화선관이 소인의 명령을 쫓지 아니하기에 이상히 여겼습니다. 그런데 지난날 유 원수와 싸울 때 병법을 보니, 갑옷과 투구, 창검도 천신의 조화이거니와, 백룡사 노승은 유 원수의 오른쪽에 옹위하고 남악 형산 화선관은 왼쪽에 시위하고 있으니, 소인인들 어찌할 수 있겠습니까? 형세가 이렇게 될 줄을 알았으나 어찌할 도리가 없었으니, 죽는다 한들 무슨 한이 있겠습니까?"

유 원수는 마음속으로 그놈의 재주에 탄복했으나, 군사를 재촉해 황성의 저잣거리에서 처형한 뒤에 다섯 나라의 사신을 각각 돌려보냈다. 천자는 황성 동문 밖의 인가를 다 헐어 별궁을 지은 뒤에 유 원수가 살게 하고, 각각의 벼슬을 돋우어 주었다. 산동 여섯 나라에서 들어오는 세금은 모두 연왕이 거두게 하고, 유 원수에게는 남평과 여원의 두 나라 옥새를 주고 남쪽 오랑캐 다섯 나라가 바치는 재물을 모두 차지하게 했다. 또 대사마 대장군 겸 승상 인수를 주어 나라 안의 일을 모두 맡겨 곁을 떠나지 못하게 했다. 장 부인은 정렬 부인 겸 연국 왕후로 봉하여 경양궁에 살게 했다. 강 승상은 달왕의 벼슬을 내려 빈사지위에 있게 하고, 강 부인은 정숙 부인 겸 언성 왕후로 봉해

● 빈사지위(賓師之位) 제후에게 손님으로 대우받는 학자의 지위.

봉황궁에 살게 했다. 활인동 이 처사는 간의태부 도훈관에 이부 상서를 겸해 육조를 다스리게 했다. 영릉 관비 연심은 남평왕의 후궁에다 인성 왕후로 봉해 봉황궁에서 강 부인을 모시게 했다. 나머지 모든 장수에게도 차례로 벼슬을 돋우어 주었다.

남국에 잡혀가 강 승상을 부모같이 섬기던 조 낭자는 다른 사람이 아니라 술 한 잔 받아들고 유 원수에게 예를 올리던 노인의 딸이었다. 그 노인을 불러 서로 만나게 한 뒤에, 조 낭자를 남평왕의 우부인으로 봉하고, 그 오라비를 총융 대장으로 삼아 그 아비를 봉양하게 해 위아래 모든 백성이 천자의 은덕을 칭송하는 소리가 천지를 진동하니, 이 아니 태평성대인가 하노라.

● 육조(六曹) 고려·조선 시대에, 국가의 정무(政務)를 나누어 맡아보던 여섯 관부(官府). 이조, 호조, 예조, 병조, 형조, 공조.

신기한 영웅, 새로운 세계 질서를 모색하다

● 천상적 존재의 하강과 운명론적 대결

《유충렬전》은 영웅 소설의 대표작으로 평가받습니다. 고귀한 혈통을 지닌 인물이 비정상적으로 태어나 어렸을 적부터 비범한 능력을 보였으나 죽을 위기에 빠졌다가 조력자의 도움으로 살아남아 공동체의 위기를 극복해 영웅이 된다는 영웅 소설의 형식을 따르고 있기 때문입니다. 유충렬도 나라를 구한 영웅으로서 헤어졌던 가족과도 해후하고 부귀공명을 얻는 일대기를 보여 주고 있습니다.

그런데 이 소설은 작품의 시작부터가 예사롭지 않습니다. 이야기의 배경을 국가적 위기로 설정하고 있습니다. 즉 이야기는 명나라 영종 황제가 즉위한 초기에 조정의 힘이 약하고 법령이 서지 않았으며, 남과 북의 오랑캐는 반역할 뜻을 두고 있기에 황제는 도읍을 옮기고자 했다는 것으로 시작하고 있습니다. 황제가 도읍을 옮길 생각을 하고 있던 차에 때마침 창해국이라는 데서 임경천이라는 사람이 사신으로 왔고, 황제는 임경천과 도읍 옮기는 문제를 의논합니다. 임경천은 머지않아 신기한 영웅이 나올 것이니 도읍 옮길 생각을 하지 말라고 황제에게 건의합니다. 임경천이 말한 '신기한 영웅'은 바로 유충렬을 지칭하는 것입니다.

이야기의 배경으로 설정된 국가적 위기의 구체적인 실상은 황제의 무능과 외적의 강성입니다. 정한담과 같은 간신의 등장도 국가의 위기를 초래한 것입니다. 이렇게 여러 가지로 겹친 위기 상황을 극복해 낼 인물이 바로 유충렬입니다. 유충렬의 탄생은 국가의 위기를 극복하고 새로운 국가 질서를 세울 인물의 등장입니다. 이미 예정된 인물인 셈이지요.

유충렬은 어떤 인물일까요? 조정에는 개국 공신의 후예인 유심이라는 신하가 있었는데, 이 사람에게는 자식이 없었습니다. 자식이 없는 것이 평생에 한이 되어 부인과 함께 명산인 남악산에 가서 기도를 합니다. 지성이면 감천이라고 유심 부부의 정성에 감동을 받아 하늘에서는 이들에게 아들을 점지해 줍니다. 그런데 유충렬은 원래 천상에서 죄를 지어 지상으로 내려온 인물입니다. 유충렬과 대립 관계에 있는 인물 정한담도 천상계의 인물인데 죄를 짓고 지상으로 내려온 인물입니다. 천상적 존재의 지상계로의 하강과 이들의 대립은 이미 예견된 것이지요. 그것도 충신과 간신의 대립이라는 선악의 대립 구도로 바뀌어서 말입니다. 바로 운명에 따른 대결입니다.

> 천상으로부터 오색구름이 영롱한데 한 신선이 청룡을 타고 내려와 장 부인에게 말하기를,
> "나는 청룡을 다스리는 선관입니다. 익성이 도리에 어긋난 행동을 하기에 상제께 아뢰어 익성에게 죄를 물어 다른 방으로 귀양을 보냈더니 익성이 이를 마음에 두고 있다가 백옥루에서 잔치할 때 서로 싸우게 되었습니다. 이로 옥황상제께 죄를 얻어 인간 세계에 내쳐졌으나 갈 곳을 모르다가 남악산 신령들이 부인 댁으로 가라고 지시하기에 왔사오니 부인은 불쌍히 여겨 사랑하옵소서."
> 하고 타고 온 청룡을 오색구름 속으로 놓아주며 말하기를,
> "뒷날 전쟁을 만나면 너를 다시 찾으리라."
> 하고 부인 품에 달려드니, 부인이 놀라 깨달으니 한바탕 황홀한 꿈이었다.

유충렬과 정한담은 각각 천상계의 자미성과 익성이 내려온 존재로, 지상계에서 전개될 이들의 대결은 천상계에서 벌어졌던 대결의 연장이며, 궁극적으로 유충렬이 승리하게 될 것을 암시합니다. 그런데 흥미롭게도 둘의 대결은 바로 이루어지지 않습니다. 독자들로 하여금 흥미를 자아내는 요소는 바로 유충렬과 정한담이 본격적인 대결을 하기 전에 또 다른 대결 구조를 만들고 있다는 점입니다.

바로 유심과 정한담의 대결, 강희주와 정한담의 대결이 먼저 이루어지고 최종적으로 유충렬과 정한담의 대결이라는 점층적 구조로 되어 있습니다. 마지막의 유충렬과

정한담의 대결은 본 대결이면서 정한담에게 패한 아버지 유심과 장인 강희주의 복수를 대신하는 형식입니다.

우선, 유심과 정한담의 대결이 등장합니다. 유심과 정한담의 갈등은 외적의 소행을 징벌하는 문제를 바라보는 시각 차이에서 비롯됩니다. 정한담과 최일귀가 외적을 치겠다고 했을 때 유심이 황실의 미약함을 이유로 들어 기병하는 것이 불가하다고 주장합니다. 이는 정한담으로 하여금 공격의 빌미가 되었습니다. 조공을 바치지 않는 오랑캐를 치려는 일에 대해 유심이 새알로 바위를 치는 격이라고 한 것은 반격을 받을 만한 주장입니다. 유심의 주장은 공격을 받아 그는 역신으로 몰려 죽을 위기에 빠졌으나 유배 가는 것으로 마무리되었습니다. 결국 유심과 정한담의 대결은 유심의 패배로 귀결되었습니다. 유심의 패배는 유충렬에게 가족의 이산이라는 고난을 불러왔습니다. 아버지 유심이 정한담에게 패배해 귀양을 가게 되어 아버지와 이별을 겪고, 뒤이어 정한담의 공격으로 인해 어머니와도 헤어지게 된 것입니다. 결국 주인공 유충렬은 어린 시절에 가족과 헤어져 고아가 되었습니다.

다음으로 강희주와 정한담의 대결입니다. 고아가 된 유충렬을 구한 것은 전직 승상 강희주라는 인물입니다. 강희주는 유충렬을 구해 주고 자신의 딸 강 소저와 혼인시킵니다. 유충렬은 새로운 가정을 꾸리게 되었습니다. 하지만 강희주는 유심과 같은 충신을 풀어 주라는 상소를 올린 것이 빌미가 되어 오히려 정한담 일파에 의해 역신으로 몰려 위기에 처합니다. 강희주도 유심과 마찬가지로 정한담에게 패배해 죽을 위기에 몰렸으나 황태후의 도움으로 목숨을 건진 뒤 옥문관에 귀양 가게 됩니다. 이로 인해 강희주의 부인 소씨와 딸 강 소저는 노비로 잡혀가고, 유충렬은 아내와 헤어져 고난의 길을 떠납니다.

결국 강희주가 정한담과의 대결에서 패한 결과로 다시 주인공의 처가족도 모두 흩어지게 된 것입니다. 주인공의 모든 불행의 원인을 적대자인 정한담에게 둔 것이지요. 주인공이 자신의 불행을 제거하기 위해 적대자와 필연적으로 대결할 수밖에 없는 구도를 만든 것입니다.

유심과 강희주의 패배는 유충렬에게 고난의 길을 걷게 한 원인이 되었습니다. 이 과정을 통해 정한담은 충신을 내쫓고 황제를 능멸한 악인으로 자리하게 되었습니다. 이로써 유충렬과 정한담의 본격적인 대결이 이루어진 것입니다. 대결 내용의 핵심은 황제를 보호하려는 유충렬과 황제의 자리를 빼앗으려는 정한담의 싸움입니다. 그러므로 이 싸움은 왕권 수호 세력과 이를 빼앗으려는 세력의 대결로, 주인공은 왕권 수호자의 위치에 서서 그의 적대자와 싸우게 됩니다.

천자가 위기에 빠지는 과정은 긴박하게 전개됩니다. 주변 오랑캐 나라가 합세해 천자를 공격하자 천자는 정한담과 최일귀로 적을 막게 했으나 오히려 그들이 적과 내통해 도성으로 쳐들어옵니다. 황제는 어쩔 수 없이 금산성으로 도망합니다. 정한담은 옥새를 빼앗고자 금산성을 공격합니다. 천자는 조정만과 무사히 도망했으나 태자와 황후, 태후는 적에게 사로잡힙니다. 천자는 산동 육국에 구원병을 청했으나 구원병이 정한담의 군사에게 패하자 할 수 없이 옥새를 목에 걸고 항복 문서를 손에 들고 방성통곡하며 항복하러 나옵니다. 이처럼 급박한 위기 상황에서 유충렬이 등장해 천자를 구하고 정한담의 군사를 물리칩니다.

천자는 백사장에 엎어져 있고 정한담은 칼을 들고 천자를 치려고 했다. 이때 유 원수가 평생 동안의 기운과 힘을 다해 호통을 치니, 천사마도 평생의 용맹을 이때에 다 부리고, 변화 좋은 장성검도 그 조화를 이때에 다 부렸다. 유 원수가 닿는 곳마다 강산이 무너지고 하해도 뒤엎어지는 듯하니, 귀신인들 울지 않으며 혼백인들 울지 않겠는가. 유 원수는 혼신의 힘을 다해 벽력같이 소리쳤다.

"이놈, 정한담아! 우리 폐하를 해치지 말고 내 칼을 받아라!"

유 원수의 호통 소리에 나는 짐승도 떨어지고 강산을 다스리는 귀신도 넋을 잃었다. 정한담의 혼백인들 어디 가며 그의 간담인들 성할 수 있겠는가. 정한담은 두 눈이 캄캄하고 두 귀가 먹먹해 탔던 말을 둘러 타고 도망하려다가 말이 거꾸러지며 백사장으로 떨어졌다. 정한담은 창검을 두 손에 갈라 들고 유 원수를 겨누고 서 있는데, 구만 리 구름 속에서 칼이 번쩍하더니 정한담의 긴 창과 큰 칼이 산산이 부서졌다. 유 원수가 달려들어 정한담의 목을 산 채로 잡아들고 말에서 내려 천자 앞으로 나아갔다.

　정한담이 천자를 치려는 순간, 유충렬이 달려들어 구하는 장면입니다. 유충렬과 정한담의 대결에서 가장 극적인 장면이지요. 정한담의 계교에 빠져 천자가 위태할 때 유충렬이 달려와 구하고 정한담을 사로잡는 사건으로 유충렬과 정한담의 대결은 마무리됩니다.

　유충렬의 승리로 천자는 옛 권위를 되찾았습니다. 이로 인해 이 소설은 천자를 수호하는 것을 당면한 과제로 삼으면서 기존의 지배 체제와 가치관을 옹호하려는 주제 의식을 보이고 있다고 평가하기도 합니다.

　《유충렬전》의 당면 과제를 '천자의 수호'에 둔 것은 임경천의 예언 및 유충렬의 태몽과 탄생 장면을 통해 드러나는 '천명'이 실현된 것입니다. 이는 중세적 국가 질서와 정치 질서의 동요가 천자를 중심으로 수습되어야 한다는 인식을 반영한 것입니다. 어찌 보면 《유충렬전》의 운명론적 세계관 속에는 유충렬 같은 신기한 영웅적 존재의 출현을 간절하게 소망하는 소설 향유층의 낭만적 꿈이 담겨 있습니다. 따라서 유충렬의 활약으로 이루어지는 국가적 위기의 극복은 곧 현실적 모순이나 질곡이 해소된 이상적인 국가로서의 성격을 갖는다고 할 수 있습니다. 어질고 현명한 천자와 이를 뒷받침하는 충신에 의해 이루어지는 정치 체제, 즉 이상적인 국가를 꿈꾸는 것이지요.

　정한담이 천자를 도모하려고 하는 것이라든지 유심 일파를 몰아붙이는 근거는 무능한 왕권에 대한 능력 있는 자의 도전으로 볼 여지도 있습니다. 천상의 개입은 바로 이러한 해석의 여지를 차단하면서 분명한 선악의 구도를 통해 작품을 접하도록 합니다. 이때 천상으로 대변되는 초월적 힘은 선인에게만 원조자로 작용합니다. 여기서 선인으로 묘사된 인물은 유충렬이지만, 사실 유충렬을 위시한 일가의 사람들과 작품을 읽는 독자까지를 모두 한편으로 묶는 기능을 하며 악에 대한 절대적인 공감대를 유지하도록 합니다. 천상적 힘은 선인의 편에 서서 필요할 때 언제든지 원조자로서의 기능을 하는 것이지요.

초월적 힘은 선인이 고난에 빠지는 상황에 직면할 때면 어김없이 나타납니다. 정한담의 모해로 유충렬 모자의 집에 불이 나기 직전에 나타난 노인, 위기에 빠진 장 부인을 구출한 선녀, 백룡사에 유충렬이 올 것을 알고 옥함을 점지한 하늘의 계시 등이 그것입니다.

여기서 우리는 인간의 질서에 복무하는 천상을 볼 수 있습니다. 즉 현실에 충실하게 살아가는 평범한 인간이 삶의 곤경에 빠질 때마다 천상의 힘은 그들에게 희망과 구원의 메시지로, 또는 실제 초자연적인 힘으로 인간을 도와줍니다. 이는 천상적 운명론이 작용하는 세계가 아니라 고난의 현실을 타개해 나가기 위한 인간의 질서와 요구에 순응하는 천상입니다. 인간 세계를 도와주는 천상의 이미지는 현실에 바탕을 둔 현실적 꿈의 반영이라 할 수 있겠습니다.

《유충렬전》은 황실의 미약과 법령의 불행, 그리고 외적의 강성에 따른 국가적 위기를 이야기의 배경으로 삼고 있으며, 이러한 배경은 극복하거나 타개해야 할 현실로서의 의미를 지닙니다. 유심과 정한담의 대결은 《유충렬전》의 갈등 구조의 기본적인 틀로, 서두에서 집약적으로 제시한 타개·극복되어야 할 현실적 조건들을 구체적으로 형상화한 것입니다. 그런데 유심의 언급에서 알 수 있듯이 《유충렬전》의 서술자는 정한담 같은 간신의 득세뿐만 아니라 천자의 무능 역시 문제 삼고 있습니다. 즉 유심과 정한담의 대결을 통해 국가적 위기의 한 요인으로서 천자의 무능을 제기한 것입니다. 결국 유충렬의 등장과 활약도 궁극적으로 국가적 위기의 요인이 되는 이러한 조건들을 제거함으로써 위기 상황을 타개하고 극복하기 위한 것이라 할 수 있습니다.

● 충렬의 고난, 가족 이산과 재회, 가족애

《유충렬전》은 국가 질서의 문제를 다루면서 가족의 문제도 다루고 있습니다. 유충렬은 정한담의 화를 피해 어머니와 도망을 가다 회수에서 물에 내던져집니다. 그러나 물속 바위에 발이 닿아 천우신조로 살아났는데, 그때 나이가 일곱 살이었습니다. 유충렬은 그 뒤로 무려 7년 동안을 유리걸식하며 떠돌아 다닙니다. 떠돌아 다니던 중 회사정에 아버지 유심이 써 놓은 글을 보고 죽으려고 합니다.

이런 유충렬을 구원한 사람은 퇴임 재상 강희주입니다. 그는 유심 일파로, 직언하기를 좋아하는 인물입니다. 강희주는 유충렬을 구완하고 사위로 삼습니다. 이로써 유충렬은 다시 새로운 가족을 갖게 됩니다. 그러나 그것도 잠시, 왕에게 상소한 강희주 또한 정한담으로 하여금 죽을 위기에 처하고 처자는 관비가 될 지경에 이릅니다. 이때 강희주는 사위가 연좌될까 염려하여 도망시키고 뒷날을 기약하는데, 이로써 유충렬에게는 가족으로부터의 2차 분리라는 시련이 닥치게 됩니다. 그에게는 남아 있는 장모와 아내를 구원할 능력조차 없었으며, 어려움에 닥쳐서 할 수 있었던 일은 고작 목숨을 부지하기 위해 도망하는 것뿐이었습니다. 무능력한 자에게 거듭 닥치는 시련은 이제 그를 속세의 삶을 포기하도록 만들었고, 그는 산에 들어가 중이 되고자 합니다. 유충렬이 산에 들어간다는 것은 현실을 떠난 것이자 고난이 최정점에 이른 것을 뜻합니다. 고난에 찬 인생 역정은 그로 하여금 세속적 삶을 포기함과 동시에 그렇게 만든 정한담에게 복수하고자 하는 적개심을 불러일으킵니다. 백룡사에 들어간 동안 영웅의 출현을 상징하던 대장성의 불빛도 꺼져 보이지 않았습니다. 이는 유충렬의 무능력과 몰락이 최정점에 이른 것을 보여 주는 것입니다.

이러한 유충렬이 영웅이 될 수 있었던 이유는 천상에서 내려준 갑옷과 장성검, 천서인 《신화경》을 얻었기 때문입니다. 영웅적 능력을 확보한 충렬은 단숨에 남경으로 가서 적장을 베고 천자를 구한 뒤 다음과 같이 말합니다.

충렬이 저의 부친과 장인의 죽음을 몹시 원통하고 분하게 여겨 통곡하며 아뢰었다.
"소장은 동성문 안에 살던 정언 주부 유심의 아들 충렬이옵니다. 사방을 떠돌아다니며 빌어먹으면서 만 리 밖에 있다가 아비의 원수를 갚으려고 여기 잠깐 왔습니다. 폐하께서는 정한담에게 핍박을 당하실 줄 꿈에도 생각하지 못하셨습니까? 예전에 정한담을 충신이라 하시더니 충신도 역적이 되나이까? 그놈의 말을 듣고 충신을 멀리 귀양 보내어 다 죽이고 이런 환란을 당하시니 천지가 아득하고 해와 달이 빛을 잃은 듯하옵니다."

충렬이 슬퍼 통곡하며 머리를 땅에 두드리니 산천초목도 슬퍼하고 진중의 군사들도 눈물을 흘리지 않는 자가 없었다.

유충렬이 갑옷을 입고 천사마를 타고 온 이유는 국가의 위기를 구하기 위해서라기보다는 아버지의 원수를 갚기 위해서였습니다. 즉 가족의 분리를 통해 겪은 자신의 고난에 대한 복수 의식이 근원적으로 자리 잡고 있었던 것입니다. 그러면서 역적에게 희롱당한 천자를 질타하고 있습니다. 근본적 원인은 정한담의 역적 행위에 있었지만 충신의 직간과 간신의 모함을 구별하지 못하는 무능한 천자도 그 원인에서 제외될 수는 없는 것이지요.

유충렬이 아비의 원수를 갚으러 왔다고 하면서 천자의 무능을 비판하는 대목에서 국가 질서의 문제와 가족의 문제가 만나고 있음을 볼 수 있습니다. 유충렬에 의해 비판되는 천자의 무능함은 역사적 현실의 문제, 즉 국가의 문제를 구성하는 핵심적인 요소가 됩니다. 또한 아비의 원수를 갚으러 왔다는 유충렬의 발화는 가족의 문제, 즉 가족의 서사를 구성하는 핵심적인 의미 요소가 됩니다. 그 행위 지향은 《유충렬전》을 구성하고 있는 두 가지 서사적 관심이라 할 수 있습니다.

《유충렬전》은 가족 관계의 해체와 복구에 서사적 관심을 집중하면서 폭넓게 이 문제에 대한 관심을 표명하고 있습니다. 주인공의 가족뿐만 아니라 천자의 가족, 더 나아가 일반 백성의 가족에게까지 시선이 미치고 있는 것입니다.

유충렬이 병법과 무술을 터득해 정한담과 최일귀를 물리쳐서 천자를 구한 뒤, 사건의 중심은 유충렬 일가가 재회하는 과정으로 이어집니다. 유충렬 가족이 재회하는 장면은 완판본의 경우 약 46면에 해당하는 방대한 분량을 차지합니다. 정한담이 사로잡힐 때까지의 군담 내용이 약 47면 정도인 것을 보면 그것이 얼마나 높은 비중을 차지하는가를 짐작할 수 있을 것입니다.

유충렬은 정한담을 사로잡아 그를 부모와 상봉한 뒤 죽이려고 하옥하고, 유주로 가서 부친을 학대한 유주 자사를 처벌하고, 호왕을 죽이고 황태후와 태자를 구해 상봉합니다. 그리고 부친을 생각하고 통곡한 뒤 북해상 무인도에 도달하여 유 주부와 상봉해 황성으로 돌아온 뒤에 전쟁의 설움을 겪은 장안 백성들의 칭송을 들으며 정한담을 처치합니다.

그 뒤 토번국을 정벌해 탐학한 토번 왕을 징벌하고 호국 장수 마철 형제를 물리친 뒤 강희주와 상봉합니다. 그러고는 회수에서 어머니 제사를 지내다 소문을 듣고 온 어머니와 상봉합니다. 이어지는 강 낭자와의 만남은 상당히 극적으로 진행됩니다. 관비의 수양딸로 목숨을 부지하고 있던 강 낭자는 관비의 수청 요구에 응하지 않고 박대를 받고 있던 중, 그녀를 불쌍히 여겨 대신 수청을 들어 온 연심이 유충렬에게도 대신 수청을 들었다가 이 일이 발각되자 문초를 당하게 됩니다. 여기서 유충렬과 강 낭자의 재회는 마치 이 도령과 춘향의 재회 장면을 연상케 합니다.

가족 재회 과정에서 보는 것처럼 여러 인물의 고난을 심각하게 그려 낸 것은 《유충렬전》의 또 다른 특징이기도 합니다. 《유충렬전》에서 이토록 여러 인물의 고난을 심각하게 그리고 있는 이유는 바로 가족으로부터 이탈된 삶의 고단함을 극명하게 보여 주기 위함입니다. 외적의 침입과 간신의 반역을 물리쳐 나라를 구한 뒤, 가족을 구하고 상봉하는 후반부를 비중 있게 그린 것은 가족을 무엇보다 소중하게 생각하는 의식을 드러낸 것입니다.

이처럼 《유충렬전》의 마지막 부분은 이별의 회한을 토로하는 장면, 적대 세력을 호쾌하게 징벌하는 장면, 상봉의 회포를 푸는 장면이 반복적으로 이어집니다. 이어지는 장면마다 서사적 긴장감도 느낄 수 있습니다. 또한 가족의 상봉을 통해 유리걸식하던 비극적 처지를 일시에 털어 버리고 부귀영화를 누리게 되는 장면에서는 낭만적 성취감이 느껴집니다. 이러한 요소는 소설 향유층의 욕구를 만족시켜 주는 것이기도 합니다.

● 현실적 문제와 소설적 상상

《유충렬전》은 17세기나 18세기 초 또는 19세기 중엽 이후에 창작된 것이라고 추정하기도 합니다만, 현재는 19세기에 나온 것으로 보는 것이 대체적인 의견입니다. 이 소설이 나온 조선 시대 후반기의 정서는 임진왜란 때 우리를 도와준 명나라를 받들고 병자호란의 장본인인 청나라를 물리쳐야 한다는 '숭명배청'이라는 의식이 지배적이었습니다.

주인공 유충렬이 멸망의 위기에 빠진 명을 구해 새로운 명을 건설하고 있다는 구성은 조선 후기의 숭명배청 의식을 반영한 것으로 보기도 합니다. 임진왜란이 끝난 뒤에 명나라는 임진왜란 때 조선에 구원병을 보내서 일본과의 전쟁을 수행한 뒤 급격히 국력이 약화되었습니다. 이것은 명나라가 멸망하는 하나의 요인입니다. 게다가 청나라는 새롭게 부상하는 세력이었습니다. 그래서 이 작품에서 이야기의 배경으로 명나라를 설정하면서 황실이 미약하고 외적이 강성하다고 이야기한 점은 당시 명나라의 상황을 반영한 것으로 보입니다. 그리고 이런 상황 설정은 멸망한 명나라를 재건해야 한다는 당시 조선인들의 열망과 함께 청나라에 복수해야 한다는 적대감의 표현을 반영한 것으로 보입니다.

청나라는 명나라를 공격하기 전에 조선을 쳐서 후환을 없애려고 했습니다. 그래서 병자호란을 일으켜 조선 왕의 항복을 받아 냈습니다. 당시 조선에서는 청나라를 오랑캐라 여겨 방비도 제대로 하지 않고 있다가 패배한 것입니다. 오랑캐인 청나라에 패배했다는 조선인들의 수치심과 패배의 충격은 무엇보다 컸습니다. 이것이 결국 숭명배청 의식의 확산을 가져왔습니다. 따라서 이 소설은 당대인들의 수치심을 배경으로 청나라에 대한 복수심을 자극하면서 유충렬을 등장시켜 명나라를 재건하게 함으로써 현실적 패배를 소설을 통해서나마 극복하고자 한 것으로 보입니다.

이는 작품에서 호국을 물리치는 데 많은 지면을 할애한 것으로도 알 수 있습니다. 유충렬이 잡혀간 황후와 태후, 태자를 구하러 떠날 때 천자가 '부모와 처자를 오랑캐 놈에게 보내고 나 혼자 살아서 무엇하겠는가.' 하고 말한 것과, 호왕을 '오랑캐 놈'이라 표현한 것에서 청나라에 대한 적대감을 엿볼 수 있습니다. 특히 '부모와 처자를 오랑 캐 놈에게 보내고 나 혼자 살아서 무엇하겠는가.'라는 천자의 말은 병자호란 당시 조선 의 현실을 나타낸 것으로 볼 수 있습니다. 당시 조선에서는 전쟁의 패배로 인해 세자 와 대군 등을 포함해 수많은 사람이 포로로 청나라에 잡혀갔습니다. 그러나 이들 이 끌려가는 것을 무기력하게 보고 있을 수밖에 없었던 것이 조선의 현실이었습니다. 이러한 상황에서 청나라에 대한 적개심은 뒷날을 기약하는 복수심으로 발전했을 가 능성이 큽니다. 이러한 적대감에 토대한 복수심은 호왕이 황후와 태후, 태자를 죽이 려는 위기의 순간에 유충렬이 등장해 이들을 구하는 과정에서도 발견할 수 있습니다.

> 유 원수가 호왕을 불러 외쳤다.
> "여봐라! 호왕 놈아! 황후와 태후, 태자를 해치지 마라!"
> 자객이 비수를 번득이며 태자의 목을 치려 할 때, 난데없는 벽력 소리가 하늘
> 로부터 들리더니 어떤 대장이 제비같이 달려 들어왔다. 모두가 당황하고 놀라
> 주저주저하고 있을 때, 천사마가 눈을 한 번 깜빡이자 동문 큰길가에서 장성
> 검이 불빛이 되어 십 리 백사장 넓은 뜰에 다섯 줄로 늘어선 기마병을 씨도 없
> 이 다 베었다. 성으로 달려 들어가 대궐 문을 깨치고 그 안에 있던 모든 신하
> 를 단칼에 무찌르고, 용상을 깨부수며 호왕의 머리를 풀어 손에 감아쥐고 동
> 문 큰길가로 급히 오니, 이때 황후와 태후, 태자는 자객의 칼끝에 혼백이 흩어
> 져서 기절해 엎어져 있었다. 유 원수가 급히 달려들어 태자를 붙들어 앉히고
> 황후와 태후를 흔들어 깨우니, 한참 지난 뒤에야 겨우 정신을 차렸다.

유충렬이 외치는 '여봐라! 호왕 놈아!'라는 표현은 호국에 대한 적대감을 그대로 드 러낸 것입니다. 이어지는 유충렬의 행동은 더욱더 자극적입니다. '분한 마음을 이기지

못해 장성검을 높이 들어 호왕의 머리를 베어 칼끝에 꿰어 들고 호왕의 간을 내어 낱낱이 씹었다.'라는 서술은 청나라에 대한 당대인들의 적대감이 상당히 컸음을 보여 줍니다. 유충렬이 서번국이나 토번, 가달에 가서 항복을 받는 것으로 사건을 마무리하고 있는 점을 고려할 때, 호국에 대한 잔인한 징벌은 명나라에 대한 외적의 반란을 징계하는 수준으로 설명하기에는 어려운 면이 있는 것이 사실입니다.

결국 《유충렬전》은 당시 사회의 숭명배청 의식을 작품에 반영하면서, 현실적으로 멸망한 명나라를 재건해야 한다는 당대인들의 열망을 작품화한 것으로 해석됩니다. 그리고 독자들은 청나라에 대한 유충렬의 복수 행위를 통해 자신들의 복수심을 대리 충족시키면서 정신적 위안을 삼은 듯합니다.

《유충렬전》은 필사본, 방각복, 활자본 등 많은 종류의 이본이 전해지고 있습니다. 이본이 많다고 해도 내용은 비슷합니다. 여기에 소개한 것은 방각본 가운데 완판본입니다. 완판본 《유충렬전》을 오늘날의 독자들이 읽기 쉽게 문장을 다듬었습니다.

유충렬, 위기에 빠진 나라와 가족을 구하다

● 신화에서 시작된 아래와 같은 영웅의 일대기 구조는 조선 후기의 영웅 소설의 서사 구조에서도 나타납니다. 《유충렬전》도 영웅의 일대기 구조를 따르고 있는데, 이 구조에 맞추어 《유충렬전》의 내용을 정리해 보고, 이 구조와 다른 점이 있다면 어떤 점이 있는지 이야기해 봅시다.

- 고귀한 혈통을 지님
- 비정상적으로 태어남
- 비범한 능력을 갖춤
- 어려서 기아 혹은 죽을 고비에 이름
- 양육자 또는 구원자를 만나 다시 살아남
- 또다시 위기를 맞음
- 투쟁에서 승리해 영웅의 자리에 오름

● 《유충렬전》은 군담의 비중이 확대되어 군담이 단순한 출세의 계기로 머물지 않고 그 자체로 흥미의 대상이 되고 있습니다. 흥미 있게 읽은 군담 장면을 정리해 보고, 이렇게 군담의 비중이 확대된 이유가 무엇인지 이야기해 봅시다.

● 《유충렬전》은 천상계와 지상계의 이원론적 세계관을 보여 주고 있습니다. 천상계에서 내려온 인물들이 지상에서 대결한다는 것이 좋은 본보기입니다. 유충렬과 정한담의 천상계에서의 관계는 지상의 사건 전개에 어떤 역할을 하는지 알아보고, 둘의 대결이 뜻하는 것이 무엇인지 생각해 봅시다.

● 《유충렬전》은 황제, 유충렬 그리고 일반 백성 등 여러 층위에서 가족의 시련을 그리고 있습니다. 가족 시련의 여러 모습을 정리해 보고, 이 작품에서 가족의 시련을 통해 보여 주려 한 주제 의식은 무엇인지 이야기해 봅시다.

● 《유충렬전》에는 유충렬이 정한담을 처벌할 때 보여 주는 백성들의 환호에서, 충렬이 어머니의 죽음을 생각하면서 읊은 축문 등에서 가사체 율문이 등장합니다. 가사체 율문이 쓰인 장면을 더 찾아보고, 이러한 문체가 작품에서 어떠한 기능을 하는지 이야기해 봅시다.

● 유충렬은 위기에 빠진 천자를 구원하고 이어서 호왕에게 사로잡혀 간 황후나 태후, 태자를 구출해 황실의 가족이 모두 한자리에 모이게 합니다. 소설이 시대 현실을 반영한다는 반영론적 관점에서 이 작품을 감상해 봅시다.

참고 문헌

김현양, 〈'유충렬전'과 가족애〉, 《고소설연구 21》, 한국고소설학회, 2006.

박가영, 〈조선시대의 갑주〉, 서울대학교 박사논문, 2003.

박일용, 〈'유충렬전'의 서사구조와 소설사적 의미 재론〉, 《고전문학연구 8》, 한국고전문학회, 1993.

안상현, 《우리가 정말 알아야 할 우리 별자리》, 현암사, 2005.

이상구, 〈'유충렬전'의 갈등구조와 현실인식〉, 《어문논집 34》, 안암어문학회, 1995.

이재운, 《뜻도 모르고 자주 쓰는 우리말 1000가지》, 위즈덤하우스, 2008.

임성래, 〈'유충렬전'의 대중소설적 연구〉, 《연민학지 2》, 연민학회, 1994.

제송희, 〈조선왕실의 가마 연구〉, 《한국문화 70》, 서울대학교 규장각한국학연구원, 2015.

최혜진, 〈'유충렬전'의 문학적 형상화 방식〉, 《고전문학연구 13》, 한국고전문학회, 1998.

국어시간에 고전읽기 24

유충렬전, 천상의 별이 지상에 내려와 나라를 구하니

1판 1쇄 발행일 2016년 11월 7일
1판 3쇄 발행일 2024년 7월 15일

기획 전국국어교사모임
지은이 장경남
그린이 한상언

발행인 김학원
발행처 (주)휴머니스트출판그룹
출판등록 제313-2007-000007호(2007년 1월 5일)
주소 (03991) 서울시 마포구 동교로23길 76(연남동)
전화 02-335-4422 **팩스** 02-334-3427
저자·독자 서비스 humanist@humanistbooks.com
홈페이지 www.humanistbooks.com
유튜브 youtube.com/user/humanistma **포스트** post.naver.com/hmcv
페이스북 facebook.com/hmcv2001 **인스타그램** @humanist_insta

편집책임 문성환 **편집** 윤무재 **디자인** 김태형 박인규 럼어소시에이션
스캔·출력 이희수 com. **용지** 화인페이퍼 **인쇄** 청아디앤피 **제본** 민성사

ⓒ 장경남·한상언, 2016

ISBN 978-89-5862-080-8 44810